Marco Malvaldi
Toskanische Verhältnisse

PIPER

Zu diesem Buch

In Montesodi Marittimo leben mehr Hühner als Menschen. Ein von Gott und der Welt vergessenes Örtchen, dessen Bewohner seit Jahrhunderten unter sich heiraten und Fremde nicht gerade mit offenen Armen empfangen. Ideales Terrain für einen jungen Arzt, die genetischen Eigenheiten der Bevölkerung wissenschaftlich zu untersuchen. Doch kaum ist der Besucher aus der Stadt in Montesodi Marittimo eingetroffen, stirbt unter mysteriösen Umständen seine Vermieterin, eine alte, recht widerspenstige Dame. Da in der Nacht ihres Todes ein Schneesturm das Dorf von der Außenwelt abschnitt, muss der Mörder noch mitten unter den Bewohnern des Dorfes weilen ...

Marco Malvaldi, geboren 1974 in Pisa, wo er auch heute noch lebt, arbeitete bis vor Kurzem als wissenschaftlicher Mitarbeiter in der Fakultät für Chemie der dortigen Universität. Weil seine Krimis um vier alte Männer und einen sympathischen Barbesitzer dauerhaft die italienischen Bestsellerlisten okkupieren, hat er sich als freier Autor selbständig gemacht. Malvaldis heiterer historischer Kriminalroman »Das Nest der Nachtigall« liegt ebenfalls auf Deutsch vor.

Marco Malvaldi

TOSKANISCHE VERHÄLTNISSE

Kriminalroman

Aus dem Italienischen
von Luis Ruby

Piper München Zürich

Mehr über unsere Autoren und Bücher:
www.piper.de

Von Marco Malvaldi liegen bei Piper vor:

Krimiserie um den Barista Massimo
Im Schatten der Pineta
Die Schnelligkeit der Schnecke
Die Einsamkeit des Barista
Schlechte Karten für den Barista

Eigenständige Kriminalromane
Das Nest der Nachtigall
Toskanische Verhältnisse

Das Zitat aus Giovanni Pascolis Gedicht »Die Poesie« ist
in Estella Wondrichs Übersetzung zitiert, erschienen in: Pascoli,
Ausgewählte Gedichte, Trient 1907

MIX
Papier aus verantwor-
tungsvollen Quellen
FSC
www.fsc.org   FSC® C083411

Ungekürzte Taschenbuchausgabe
Dezember 2014
© 2012 Sellerio Editore, Palermo
Titel der italienischen Originalausgabe:
»Milioni di milioni«, Sellerio Editore, Palermo, 2012
© der deutschsprachigen Ausgabe:
2013, Piper Verlag GmbH, München,
erschienen im Verlagsprogramm Pendo
Umschlaggestaltung: Mediabureau Di Stefano, Berlin, unter Verwendung
eines Fotos von Michael Trevillion/Trevillion Images
Satz: Kösel Media GmbH, Krugzell
Gesetzt aus der Scala
Papier: Munken Print von Arctic Paper Munkedals AB, Schweden
Druck und Bindung: CPI books GmbH, Leck
Printed in Germany   ISBN 978-3-492-30639-3

Für Paolo, mit der Frage:
Wie schaffen das wohl die Schiffe, schwer wie sie sind,
zu schwimmen?

Mein keusches Licht ferne schimmert
Dem nächtlichen Wandrer; des Strebens
Ist müde sein Herz und wimmert
Auf dem farblosen Pfade des Lebens.
Still steht er, da fühlt er leise
Mein Leuchten ins Herz sich dringen.
Fort setzt er die dunkle Reise
Mit Singen.

Giovanni Pascoli: Die Poesie

Nur mal so zur Veranschaulichung

Um einen Eindruck davon zu vermitteln, was für ein Ort Montesodi Marittimo ist, hier einfach ein paar Zahlen.

812: die Zahl der Einwohner, womit sich die Menschen gegenüber den offiziell im Dorf registrierten Hühnern (Stücker 1726) klar in der Minderheit befinden. Zum Glück genießen Hühner, mit Ausnahme von Signorina Conticini, kein aktives Wahlrecht, sonst wäre im Dorf so einiges anders.

69: das Durchschnittsalter im Dorf, mit einer bimodalen Verteilung um zwei Spitzen bei 70 bzw. 40 Jahren, einer nicht unerheblichen Koda im oberen Bereich und einem einzelnen, aber stolzen Ausreißer jenseits der hundert.

24: der Steigungsgrad der Hauptstraße von Montesodi, an der fast die gesamte Ortschaft liegt und die im Volksmund unter dem Namen »Herzkasperweg« bekannt ist. Um zu verstehen, was das bedeutet, sollte man sich vor Augen halten, dass der härteste Anstieg beim Giro d'Italia, der Mortirolopass, eine maximale Steigung von achtzehn Grad aufweist. In diesem Dorf ist jedes Fahrzeug diesseits eines Geländewagens nichts als ein hübsches Möbelstück auf Rädern.

Minus 17: die Tiefsttemperatur, die in der letzten

Woche des Jahres 2011 erreicht wurde, unangenehm, aber noch weit entfernt von den minus 22 Grad, von denen der gute Castaldi manchmal schwatzt, der in meteorologischen Fragen Zuverlässigste unter den Senioren. Dass Castaldi rund um die Uhr besoffen ist, tut seinen Aussagen nicht nur keinen Abbruch, vielmehr bestätigt es sie: Nach allgemeiner Meinung ist es bei der Kälte, die Castaldi schon ertragen musste, wirklich kein Wunder, wenn er sich hin und wieder einen genehmigt.

3: Anzahl der Betriebe, die innerhalb des Ortsgebiets ansässig sind. Konkret handelt es sich um die *Grundversorgung* (ein Schreibwaren- und Lebensmittelgeschäft einschließlich Zapfsäule unten am Hang), das *La Pignata* (ein Restaurant auf halber Höhe, mit Lammfleisch als Spezialität des Hauses) sowie das *Stellone il Grezzo* (wenn man so will, »der harte Stern mit dem weichen Kern«, ein Lokal, wo ausschließlich Peroni-Bier ausgeschenkt wird, ganz oben auf der Piazza neben der Kirche).

2: Zahl der Geburten, die im Lauf des vergangenen Sonnenjahrs im Dorfgebiet stattgefunden haben. Die neuen Erdenbürger heißen Jonathan und Emily Pontypine und sind die Zwillinge eines englischen Pärchens, das sich bei einer Spritztour im Umland verfahren hatte. Die beiden Kinder beschlossen, zwei Monate vor dem Termin zur Welt zu kommen, nachdem die Mutter, Signora Gwendolen, ihrerseits beschlossen hatte, aus dem Wagen zu steigen und den Herzkasperweg hochzulaufen, auf der Suche nach der nächstgelegenen Toilette.

So weit unsere Sintflut von Zahlen für diese Wüste von Dorf.

Anfang

Schon bevor man das Dorf erreicht, lässt die Straße nach Montesodi Marittimo wohl niemanden kalt.

Hinter einer Abzweigung mit dem Schild »Campagnaia-Montesodi M.mo«, dessen banal weiße Lettern auf blauem Hintergrund nichts von dem ahnen lassen, was einem bevorsteht, beginnt die Strecke fast unverzüglich anzusteigen und schlängelt sich dann dickköpfig zwischen den Eichenwäldchen hindurch; als wollte sie uns zeigen, dass es doch allzu einfach wäre, sich wie eine normale Straße zu verhalten und den bequemsten Weg durch die Täler zu nehmen, die sich zwischen den Hügeln erstrecken. Eine Fahrbahn, die etwas auf sich hält, hat mehr zu bieten.

Der Straßenverlauf wird nach der Abzweigung zu einer Abfolge von Kurven und Schlaglöchern, wobei der Asphalt objektiv gesehen nicht im besten Zustand sein mag, aber die Ersteren erscheinen doch zahlreicher als die Letzteren; umso mehr, wenn einem im Auto leicht schlecht wird, so wie Piergiorgio Pazzi, und man jede Kurve einzeln zählt. So wie er es in diesem Moment tat, während er um Atem rang und auf jeder der kurzen Geraden versuchte, seinen Mageninhalt wieder dorthin zu befördern, wo er hingehörte. Und dabei schickte er ein Stoßgebet zum Himmel, seine Forschungstätigkeit in Montesodi Marittimo nicht damit anfangen zu müssen, dass er sich die Seele aus dem Leib spie.

Zum Teil, gewiss, aus Eigenliebe; vor allem aber auch, weil der Besitzer des Wagens, der ihn nach Montesodi fuhr, nicht gerade so aussah, als ob er es wohlwollend aufnehmen würde, wenn sich dieses Unglück in seinem Auto ereignete.

Der Betreffende war ein Mann um die fünfzig, groß, breitschultrig, mit kugelrundem Bauch und dem Augenschein nach ohne Weiteres in der Lage, mit bloßen Händen einen Reifen zu wechseln, und zwar ohne Wagenheber. Dieser Mann also hatte ihn mit einem Geländewagen am Bahnhof abgeholt und sich mit einem Händedruck und einem knappen »freutmichPuntoni« vorgestellt. Piergiorgio schloss aus alledem, dass a) sein Gegenüber Puntoni hieß und b) körperliche Auseinandersetzungen das Letzte waren, worauf man sich mit diesem Burschen einlassen wollte.

Und so war die Begrüßung das Einzige, was sie während der Fahrt an Worten ausgetauscht hatten, bevor sie das unbewaldete Wegstück bei l'Anguillaia erreichten. Puntoni war damit beschäftigt, auf einem lokalen Radiosender das Spiel der Fiorentina zu verfolgen, Piergiorgio verfolgte die gleichlaufenden Windungen der Straße und seiner eigenen Eingeweide. Ermutigt von einer Geraden, die etwas länger ausfiel als die bisherigen, sah sich Piergiorgio, während der Reporter voller Begeisterung einen Einwurf referierte, der den Violetten in Strafraumnähe zugesprochen worden war, auf dem baumlosen Straßenstück ein wenig um und versuchte zu begreifen, wohin es ihn da eigentlich verschlagen hatte. Und die Szenerie, die er erblickte, ließ ihn erstarren.

Mitten auf der waldlosen Ebene stand trotz der Januarkälte ein Kerl mit bloßem Oberkörper, etwa einen Meter fünfzig groß und völlig kahl. Er hatte einen Bart, der ihm bis zum Bauch reichte, und Waden, die zwei San-Daniele-Schinken glichen. Schon deshalb überkam einen spontan die Idee, sich umzusehen, vielleicht steckte da irgendwo auch ein Gandalf. Dazu muss man sagen, dass der Mann ganz unverkennbar Qualen litt: Wahrscheinlich nicht so sehr wegen der Kälte, sondern wegen des Baumstamms von dreißig Zentimetern Durchmesser und gut zwei Metern Länge, den dieser Troll durch die Gegend schleppte, gestützt auf Brust und Unterarme, die Hände auf Höhe der Leisten verschränkt; in dieser Haltung stolperte er mühsam vorwärts, die rechte Gesichtshälfte an den Stamm gepresst, mit zitternden Armen. Die Spitze der mächtigen Last schwankte bei jedem Schritt.

Im Gegensatz zu Piergiorgio, der dem Schauspiel gebannt beiwohnte, blieb Puntoni völlig ungerührt, seine Aufmerksamkeit galt weiterhin der Fiorentina und den offenkundigen Schwierigkeiten der »Lilien«, den Spielstand auszugleichen, was der erregte Reporter in lebhaften Tönen wiedergab. Während der Geländewagen die Szene hinter sich ließ, konnte sich Piergiorgio nach einigen Sekunden die Frage nicht verkneifen:

»Entschuldigen Sie, wer war das denn?«

Gestört in seiner Konzentration auf die Bemühungen

der Violetten, warf Puntoni Piergiorgio einen kurzen Blick zu.

»Wer, das?«

»Der Kerl mit dem Baumstamm.«

»Das ist Bonacci.«

Schweigen. Wenn man von dem Umstand absah, dass der Sportreporter inzwischen heulte wie ein Kojote.

»Aha. Und was macht er mit dem Baumstamm?«

»Na, üben.«

Schweigen. Diesmal wirklich, denn die Fiorentina hatte gerade das zweite Gegentor kassiert und der Kommentator vermutlich Selbstmord begangen. Nach ein paar Sekunden wagte sich Piergiorgio vor:

»Und wofür trainiert einer, der Baumstämme durch die Gegend schleppt?«

Puntoni drehte sich abermals zu ihm um, sichtlich genervt.

»Na, für die Festa della Panca.«

Und damit drehte er die Lautstärke des Radios hoch, aus dem der wiedererstandene Kommentator beklagte, dass vor dem Tor eine Abseitsstellung übersehen worden sei, indes Puntoni den Blick auf die Straße richtete, wo das mit den Kurven schon wieder losging.

Piergiorgio stellte keine weiteren Fragen, bis sie ihr Ziel erreicht hatten.

Im Dorf angekommen, wurde Piergiorgio zur Casa Zerbi gebracht, in der er für seinen gesamten Aufenthalt unterkommen sollte.

Die Casa Zerbi war eines von wenigen Gebäuden im

Dorf, die über mehr als zwei Stockwerke verfügten; fast alle Häuser, die Piergiorgio unterwegs zu Gesicht bekommen hatte, in Hanglage am Herzkasperweg, begnügten sich mit einer Kombination aus Erdgeschoss und erstem Stock hinter einem Fünfzigerjahreverputz, eine Hülle, die ursprünglich einmal elfenbeinfarben gewesen sein musste, gegenwärtig jedoch eher an verschimmelten Milchkaffee denken ließ. Die einzigen zwei Bauten, die sich von den anderen abhoben, waren das Restaurant, vor dem auf einer hölzernen Tafel der geschnitzte Schriftzug *La Pignata* prangte, sowie das Haus von Signorina Conticini, deren Garten eine bemerkenswerte Sammlung von Zwergen zu bieten hatte. Über sie alle wachte nicht etwa Schneeweißchen, sondern eine überlebensgroße Madonna, zu allem Überfluss mit einem blinkenden Leuchtherzen ausgestattet.

Ganz oben am Hang dagegen hatten die wenigen Gebäude, die den Hauptplatz säumten, drei Stockwerke oder mehr. Sie stammten allesamt aus der Zeit vor 1900 und waren von entschieden gediegenerer Bauweise. Sowohl an Größe wie an optischem Reiz alles überragend stand das Haus des Bürgermeisters, Casa Benvenuti: ein großzügiges, solides Bauwerk mit einem eisenbeschlagenen Tor, das etwaigen Eindringlingen schon vor der breiten Außentreppe Einhalt gebot. Außer Konkurrenz lief natürlich die Kirche, benannt nach ihrem Schutzpatron Sant'Antonio Abate, dem heiligen Antonius der Einsiedler. Ein hässliches Gebäude ungewisser stilistischer Provenienz, das einzig durch seine Höhe auffiel und dessen religiöse Funktion allein am Kirchturm abzulesen war, welcher die Kirche selbst an Hässlichkeit fast noch übertraf. Das edelste Haus von allen, der Palazzo Palla, Heimstatt der Marchesi Filopanti Palla, die sich vom gemeinen Volk auch räumlich distanzierten, stand freilich außerhalb des Dorfes. Der Palazzo lag noch etwas höher am Hang als der Kirchplatz, aber durch einen guten Kilometer unasphaltierte Straße davon getrennt.

Gegenüber der Kirche stand die Casa Zerbi: ein Gebäude mit einer Treppe aus Holz und Eisen und Vollholz-Fensterläden, drei Stockwerke zuzüglich einer Mansarde, die normalerweise als Gästezimmer diente.

Und just in dieser Mansarde machte sich Piergiorgio ans Auspacken, nachdem er den Raum in Besitz und selbst wieder etwas Farbe angenommen hatte. Er räumte seine Kleidung und alles Weitere aus dem Koffer, was er brauchen würde, um zwei Wochen fern von zu Hause zu überstehen: seine Laufklamotten, Bücher, Laptop, iPod und so weiter; in großer Eile, versteht sich, denn in weniger als einer Stunde stand schon das Begrüßungsessen auf dem Programm, und der Ärmste musste sich noch duschen, rasieren und umziehen.

Piergiorgio war noch mit dem Auspacken beschäftigt, als sein Handy klingelte. Na klar.

Professor Ferroni. Komisch, ich hätte gewettet, es ist die Mamma.

»Pazzi, sind Sie das? Wie geht's? Sind Sie schon angekommen?«

»Ja, ich bin's, Professor. Ja, ich bin schon da. Alles in Ordnung.«

»Und das Dorf? So scheußlich wie auf dem Foto?«

»Na ja, ein bisschen schon. Sagen wir's so: Las Vegas ist das hier nicht gerade.«

»Und wie sind die Einheimischen? Hat man Sie gut aufgenommen?«

»Ja, schon. Einer hat mich abgeholt. Also, Leute habe ich bisher zwei gesehen. Soweit ›Leute‹ das richtige Wort ist. Der eine sah aus wie ein Bär in Menschenkleidung, den anderen kann ich Ihnen gar nicht richtig beschreiben. In Form schienen sie jedenfalls beide zu sein.«

»Na, darum geht's uns doch«, sagte Ferroni und sprach dann plötzlich im Ton eines Auktionators weiter. »›Montesodi Marittimo, das stärkste Dorf Europas.‹ Ist die Philologin auch schon da?«

»Ich glaube schon. Angeblich ist sie auch hier untergebracht, aber ich habe sie noch nicht gesehen.«

»Ach, keine Sorge, die werden Sie schon erkennen, wenn Sie sie sehen. Lila Haare, ovale Brille und im Gesicht ein unsichtbares Schild mit der Aufschrift ›Ich bin von der Scuola Normale‹. Beim Kick-off-Meeting hat sie von der ersten bis zur letzten Minute genervt. Schließen Sie also Freundschaft mit den Einheimischen, falls Ihnen nach Gesellschaft ist – die Tante macht mir *prima facie* einen ziemlich ungenießbaren Eindruck.«

Sonntag beim Abendessen

»So. Erst einmal hallo und guten Abend zusammen. Ich hoffe, Sie alle konnten das Abendessen und Stelios Küche genießen, die wie üblich ganz ausgezeichnet war, wie ich betonen möchte. Nun wären die kulinarischen Künste des guten Stelio zwar Grund genug, hierherzukommen, aber wir haben uns heute auch noch aus anderem Grunde versammelt, nämlich um unsere Gäste ganz herzlich willkommen zu heißen.«

Der Herr Bürgermeister drückte sich in der Regel in bestem Italienisch aus, hatte jedoch im Lauf des Abendessens und beim anschließenden Beisammensein Trost und Schutz vor der Kälte gefunden, indem er sich etliche Gläser Grappa hinter die Binde goss, was seine Beredsamkeit nun ein wenig beeinträchtigte. Gönnerhaft nickte er Piergiorgio zu, der zu seiner Rechten saß.

»Dr. Piergiorgio Pazzi, Physiologe, nicht wahr, vom Institut für Endokrinologie der Universität Pisa. Er ist für die biomedizinische Seite des Projekts zuständig ...«

Der Bürgermeister machte eine ausladende Handbewegung nach links, wo eine junge Frau saß. Sie war groß, hatte schwarze, durch ein paar lila Strähnen aufgepeppte Haare und trug eine kleine Brille mit Metallrahmen, hinter deren Gläsern ein Augenpaar lag, so grün wie die

Hoffnung, die Trägerin näher kennenzulernen; eine Hoffnung, die Piergiorgio ganz entgegen Professor Ferronis Ratschlag schon seit ihrem ersten Anblick hegte.

»... und Dr. Margherita Castelli, Forschungsangestellte in Romanischer Philologie an der Scuola Normale Superiore di Pisa. Sie übernimmt den, wenn man so sagen kann, genealogischen Teil. Soweit ich verstanden habe, wird die Aufgabe von Frau Dr. Castelli darin bestehen, die Familienhintergründe und den Stammbaum jedes einzelnen Bewohners unseres Ortes zurückzuverfolgen, und zwar anhand des Kirchenarchivs, das bei uns bis aufs Jahr 1634 zurückgeht.«

Die unterschiedliche Ausführlichkeit der beiden Vorstellungen kündete nicht etwa von einer Feindseligkeit gegenüber Pazzi. Vielmehr beruhte sie auf dem Umstand, dass der Bürgermeister, der Piergiorgio rechts und Frau Dr. Castelli links von sich hatte Platz nehmen lassen, sich mehr oder minder über die gesamte Dauer des Abendessens nach links gewandt und den armen Piergiorgio fast völlig ignoriert hatte.

»Die durch Frau Dr. Castelli durchgeführte Rekonstruktion wird dazu dienen, ohne jede Ambi-, Ambig-, also mit absoluter Sicherheit festzustellen, wie eng die Verwandtschaftsbeziehungen zwischen uns allen sind, nicht wahr, sodass sich unser genetisches Erbe zweifelsfrei zuschreiben lässt.«

Denn, zugegeben, wahrscheinlich lag Professor Ferroni nicht ganz falsch, wenn er Dr. Castelli als klassische Vertreterin der Scuola Normale und Nervensäge erster Güte bezeichnete. Aber er hatte dabei die Tatsache übergangen, dass sie auch eine ausgesprochene Schönheit war. Von nordischem Aussehen, unterkühlt und vielleicht nicht sehr freundlich; aber genau von dem äußerlich kalten Typus, den sich der Durchschnittsitaliener als eisige Oberfläche vorstellt, die den Gipfel eines Vulkans umgibt, solange er untätig bleibt. Gewiss, draußen ist es kalt, aber das sind nur die äußeren Bedingungen; drinnen sieht es völlig anders aus.

Der Abendempfang für die neu eingetroffenen Gäste hatte ein paar Stunden zuvor damit begonnen, dass die beiden Wissenschaftler im Haus des Bürgermeisters vorstellig geworden waren. Dieser hatte ausdrücklich Wert darauf gelegt, sie schon vor dem offiziellen Abendessen, an dem ein Gutteil der Dorfbewohner teilnehmen würde, persönlich kennenzulernen und sie zu diesem Zweck bei sich zu Hause zu empfangen. Der Herr Bürgermeister – mit Namen Benvenuti Armando – erwies sich als etwa sechzigjähriger Provinzkavalier mit offenem Blick, gerader Haltung und der gelassenen Ausstrahlung eines Mannes, der weiß, dass das Leben es gut mit ihm meint und er sich das auch redlich verdient hat. Nun ließ er wie jeder gute Gastgeber den Neuankömmlingen eine kleine Hausführung angedeihen. Zunächst zeigte er ihnen den Wohnbereich, hielt vor dem Panoramafenster im Esszimmer inne, um sie an der prächtigen Aussicht teilhaben zu lassen, und führte ihnen anschließend die großzügige gemauerte Küche vor. Dann geleitete er sie in den Garten, wo ein Belvedere den Blick auf das ganze Tal freigab; neben einigen Obstbäumen befand sich ein Kräutergarten, in dem auch zwanzig verschiedene Sorten scharfe Paprika wuchsen, dazu einige äußerst seltene Salbeiarten. Schließlich führte er die Gäste ins Untergeschoss und verkündete, während er eine kleine feuerfeste Tür öffnete, mit gespieltem Gleichmut:

»Und nun kommen wir zum wichtigsten Teil des Hauses.«

Piergiorgio hatte einen Weinkeller erwartet und sich schon ein paar anerkennende Floskeln zurechtgelegt – meine Güte, das ist ja großartig, und was für ein Jahrgang ist das hier, wie lange haben Sie denn gebraucht, um sich so eine Kollektion anzulegen –, was man halt so sagt, wenn man die Sammlung eines leidenschaftlichen Connaisseurs besichtigt, von deren Gegenstand man keinen blassen Schimmer hat. Doch die hohlen Worte konnte er sich glücklicherweise sparen, denn der Keller, in den Bürgermeister Benvenuti sie treten ließ, war tatsächlich beeindruckend. Nicht wegen der Weine – das hätte Piergiorgio nicht zu beurteilen vermocht –, sondern wegen der Räumlichkeit an sich. Der eigentliche Keller, in den man durch eine Bodenluke gelangte, war aus dem Tuffstein gegraben: gut einhundert Quadratmeter voller in den Stein gehauener Nischen, mit etwa einem Dutzend grober Säulen, auch diese aus dem Tuff gehauen und ebenfalls mit einer Reihe von Nischen ausgestattet. Alles voller Flaschen.

Während Piergiorgio und Margherita, die Philologin, sich umsahen, lächelte Benvenuti und zog eine Flasche aus einem der vielen kleinen Hohlräume.

»Hier haben wir einen kleinen Aperitif, und dann nehmen wir gleich mit, was wir beim Abendessen trinken werden. Sie sind heute in jeder Hinsicht meine Gäste.«

»Entschuldigen Sie«, sagte Margherita und ließ ihren Blick weiter durch den Raum schweifen, »sind wir nicht in einer Trattoria verabredet?«

»Doch, doch, wir gehen ins *Pignata*«, sagte Benvenuti. »Gleich hier oben am Berg. Aber wir haben ja wichtigen Besuch, und da lasse ich es mir nicht nehmen, das Rohmaterial zur Verfügung zu stellen ...«

»Wie meinen Sie das?«

»Kommen Sie, folgen Sie mir. Das Beste haben Sie noch gar nicht gesehen.«

Sie gingen die Treppe hoch, der Bürgermeister klappte die Luke zu und ging auf ein zweites Metalltürchen zu, das etwas Aseptisches an sich hatte. Er öffnete es, machte eine ausgreifende Geste und sagte:

»Bitte sehr.«

Dass der Bürgermeister ein leidenschaftlicher Jäger war, hatten die beiden im Laufe ihres Besuchs begriffen, sowohl anhand der Glasschränke, in denen ein knappes Dutzend Karabiner ausgestellt waren, als auch wegen der Trophäen – ein Hirsch und ein Wildschwein, oder besser gesagt ihre jeweiligen Köpfe –, die die Gäste von der Nordwand des Wohnzimmers mit gläsernem Blick begrüßt hatten. Dennoch brauchte Piergiorgio einige Sekunden, um diesen Raum mit dem gefliesten Boden, dem Metallwaschbecken und der Kühltruhe mit den Jagdtrophäen zusammenzubringen. Anders gesagt: Er brauchte einige Sekunden, um zu verstehen, dass der Herr Bürgermeister eine Metzgerei im Haus hatte.

Margherita hingegen begriff auf der Stelle und wurde kalkweiß.

Und während die zwei sich umsahen, ohne zu wissen, was sie dazu sagen oder ob sie überhaupt etwas sagen sollten, versetzte ihnen der Herr Bürgermeister den Gnadenstoß.

»Ich sagte ja, Sie sind heute in jeder Hinsicht meine Gäste. Alles, was Sie heute Abend zu sich nehmen werden« – der Bürgermeister griff sich mit eleganter Geste an die Brust –, »habe ich erlegt. Höchstpersönlich.«

Was der Bürgermeister nach dem Abendessen dahergeredet hatte, um das gesellige Beisammensein zu eröffnen, mochte durch den Alkohol vernebelt sein, aber es war in allen Punkten zutreffend; insbesondere, was die Küche von Meister Stelio anging. Das war bemerkenswert, denn ein Blick auf die Speisenfolge, die unerbittlich das Repertoire einer toskanischen Dreigroschen-Trattoria abzubilden schien – »Gemischter Vorspeisenteller mit Schinken und Crostini«, »Tagliolini mit Trüffeln«, »Im Ofen geschmorter Hase mit Kartoffeln«, all das mit dickem Filzstift von Hand geschrieben, in Anführungszeichen und auf einem gelben Blatt Papier –, hatte Piergiorgios Erwartungen eingangs beträchtlich sinken lassen.

Dazu kam noch der diplomatische Zwischenfall, der sich ereignet hatte, als der Inhaber und Koch des Restaurants die Vorspeisen persönlich an den Haupttisch brachte – wo der Bürgermeister, die Gäste, die Ratsherrn und einige andere halbwegs kultivierte Menschen saßen – und neben die Philologin trat, in der Hand einen ordentlichen Teller schön dünn geschnittenen toskanischen Schinken, dazu Crostini mit gebackener Schweinsleber. Die junge Frau drehte sich zu ihm um, hob die Hand und sagte freundlich:

»Ich bin vegan.«

Der Gastgeber packte mit seiner freien Linken die Hand der jungen Frau und schüttelte sie enthusiastisch.

»Freut mich, Signorina. Ich bin Stelio.«

Und damit knallte er ihr den Teller vor die Nase, stolz wie Oskar.

»Lecker, unser Schinken, was?«

Piergiorgio, der der Philologin aus dem Schlamassel geholfen hatte, indem er sich galant des Schinkens bemächtigte, nickte begeistert. Sprechen konnte er nicht, mit vollen Backen. Und selbst wenn er dazu in der Lage gewesen wäre, er hätte es nicht getan, aus bloßer Angst, das Aroma entfliehen zu lassen. Ein Aroma, nein: eine ganze Reihe von Aromen, wie Piergiorgio sie noch nie bei einem Schinken erlebt hatte: zweifellos Fruchtnoten und Nuss im mageren Teil, während das Fett (das sonst ja gerne entfernt wurde) rosig war und einen rauchigen Duft hatte, süßlich, angenehm und lang anhaltend.

»Stelio und ich, wir sind in Sachen Schinken keine Amateure. Das fängt mit der Sau an, da wird alles so gemacht, wie es sich gehört. In seinem letzten Monat kriegt das Tier außer den Eicheln auch Honig und Kastanien gefüttert, das gibt dem Fleisch seinen Duft. Und dann wird jede Sau täglich mit einem eigens dafür gefertigten Werkzeug gebürstet, zur Anregung des Kreislaufs und damit das Fett gesund bleibt.«

Während Piergiorgio ausgiebig kaute und insgeheim die paradoxe und liebenswerte Sorge pries, die ein Nutztierhalter, der diesen Namen verdiente, den ihm anvertrauten Geschöpfen angedeihen ließ, bevor er sie schlachtete, erging sich der Bürgermeister in technischen Details.

»Wenn der Schinken so weit ist, kommt er in die Räucherkammer, das ist der wärmste Raum im Haus, gleich neben dem Kamin, wo wir auch Wacholderzweige verfeuern. So nimmt der Schinken das Aroma von Wacholderholz an, und nicht etwa das der Beeren, wie es diese Barbaren in der Garfagnana machen. Das schmeckt ja wie Hustensaft.«

»Ich begreife nicht, wie Sie so was tun können«, sagte Margherita, während sie ein Stück Brot zerkrümelte. »Armes Tier. Erst wird es mit Obst gefüttert, massiert, gehätschelt. Gerade, dass es nicht heiß gebadet wird. Und dann schleppt ihr es in eine Kammer, verpasst ihm eine Kugel und fertig, jetzt gibt's Schinken. Versetzen Sie sich doch einmal in dieses arme Geschöpf. Eben ist es noch völlig glücklich, und eine Sekunde später ...«

Der Bürgermeister reagierte sichtlich gekränkt.

»Signorina, wofür halten Sie uns eigentlich?«

Und indem er sich zu Margherita drehte, holte der Erste im Dorfe zur Erklärung aus.

»Also, schauen Sie, den Tag, an dem das Schwein geschlachtet wird, kann man fast schon mit einer griechischen Tragödie vergleichen. Ist Ihnen klar, was für ein Ritual damit verbunden ist?«

Nein, sagte Margheritas Gesicht, und ich verzichte auch gern darauf, es zu erfahren. Aber der Bürgermeister tat, als hätte er das nicht gemerkt.

»Wissen Sie, dass an der Schlachtung eines Schweins die ganze Familie beteiligt ist?«

»Das kann ich mir schon vorstellen«, sagte Margherita, die das Thema allmählich zu reizen begann. »Ganz leicht wird es wohl nicht sein, so einen Kandidaten einzufangen und ins Schlachthaus zu zerren.«

Der Bürgermeister lächelte.

»Da sind Sie auf dem Holzweg, Signorina. Um ein Tier zu töten, das so fett ist, dass es sich fast nicht auf den Beinen halten kann, genügt rein theoretisch ein Mann.«

Margherita starrte den Bürgermeister ungläubig an. Piergiorgio nickte unwillkürlich, im Gedanken an die Szene, die er am Nachmittag beobachtet hatte, während der Bürgermeister weitersprach.

»Der Metzger geht hin, betäubt es mit dem stumpfen Ende des Beils, packt es an den Hinterläufen, hängt es auf und fertig. Wenn das Schwein hängt, wird es aufgeschlitzt und verblutet. Eine schnelle, sichere, saubere Sache. Warum, glauben Sie, wird also die ganze Familie an der Schlachtung des Schweins beteiligt, einschließlich der Kinder?«

Margherita schüttelte kaum merklich den Kopf, sagte aber kein Wort.

»Weil das Schwein Mitglied der Familie ist, Signorina. Die Kinder kennen es, sie haben gesehen, wie es geboren wurde, und haben mit ihm gespielt. Der Herr des Hauses hat es aufgezogen, er hat es massiert, hat es aufwachsen sehen. Alle Angehörigen des Hauses haben es aufwachsen sehen. Einer allein könnte es niemals über sich bringen, das Schwein zu töten.«

Der Bürgermeister wartete ein wenig, damit seine Worte sich im Bewusstsein seiner Zuhörer setzen konnten, dann fuhr er fort.

»Wenn wir uns aber gegenseitig stärken, alle zusammen, dann können wir es schaffen. Und wir schaffen es, indem wir einem Ritual folgen, mit genau festgelegten Zeitpunkten, Rollen und Handlungen. Ein Ritual, das bis in die letzte Einzelheit geregelt ist. Nicht weil wir Wilde wären, die versuchen, sich die Götter gewogen zu machen, sondern weil man sich, wenn einen der Mut verlässt – und diese Momente gibt es, das versichere ich Ihnen –, schlichtweg ans Ritual halten und weitermachen kann.«

Margherita sah den Bürgermeister wortlos an, und der schloss:

»Ein Schwein zu töten, fällt unter die Verantwortung aller. Und diese verantwortungsvolle Aufgabe erfüllen wir mittels eines Rituals, an das man sich halten kann. Andernfalls, das garantiere ich Ihnen, geht das Schwein an Altersschwäche ein.«

Von da aus kam das Gespräch auf Rituale und ihre Bedeutung, wobei die Philologin bemüht war, eine Parallele zwischen dem Mittelalter und der Moderne zu ziehen, und der Bürgermeister, der allmählich ziemlich angeheitert war, ihr gekonnt und höflich die Bälle zuspielte, den Blick freilich immer weniger auf Höhe ihrer Augen. Unterdessen hatte Piergiorgio, den das Gerede über die dunklen Jahrhunderte nicht sonderlich interessierte, einer doppelten Portion Tagliolini mit Trüffeln ganz mühelos den Garaus bereitet und ließ sich nun mit der beseelten Miene eines Katers, der sich am Herd zusammengerollt hat, die letzten Stücke vom Hasen auf der Zunge zergehen. Innen hauchzart, auf der Außenseite knusprig, dazu eine Soße mit genau der richtigen Menge Kartoffeln, die von geradezu poetischer Qualität waren. Und um Kartoffeln in Poesie zu verwandeln, muss man schon etwas auf dem Kasten haben, das wird der geneigte Leser nicht leugnen.

»War's recht, ja? Das ist schon was Feines, unser ›Hase unter Schale‹«, sagte Stelio, während er den leeren Teller abräumte. »Einen kleinen Nachschlag?«

»Nein danke, ich bin satt. Ich hatte schon das Vergnügen, mich um die Portion der jungen Dame zu kümmern.«

»Ach ja, Signorina Vegana, Sie haben den Hasen ihm überlassen? Hat's Ihnen denn nicht geschmeckt?«

»Doch, doch«, sagte Margherita lächelnd, »aber die Nudeln waren schon sehr reichlich, und ich esse abends nicht so viel.«

»Na, Sie werden mir doch nicht erzählen wollen, dass Sie auf Ihre Linie achten müssen?«, sagte Stelio mit einem galanten Augenzwinkern. »Dem Herrn Bürgermeister gefallen Sie sicher gerade so, wie Sie sind.«

»Sei ruhig, du Säckel. Da drüben sitzt meine Frau.«

»Och, aus einem alten Huhn kann man höchstens noch Suppe kochen. Ist bei meiner natürlich auch nicht anders. Die Signorina wiederum ...«

»Geh, mach dich wieder in der Küche zu schaffen, ja? Und bring uns den Kaffee, wir kommen jetzt gleich zum offiziellen Teil.«

Während Stelio sich trollte, drei leere Teller auf dem Arm, hatte Piergiorgio noch eine Frage.

»Wieso eigentlich ›Hase unter Schale‹?«

Der Bürgermeister schenkte sich das x-te großzügig bemessene Glas Rotwein ein und nickte kräftig.

»Tja, die Schale. Stimmt, das kennt ihr nicht, aber bei uns wird Kaninchen traditionell so zubereitet, anderes Kleinwild auch. Die Schale ist so ein gusseisernes Ding, das aussieht wie ein Bügeleisen, eines von diesen dicken aus Großmutters Zeiten, Sie wissen schon, oder?«

Piergiorgio schüttelte den Kopf. Der Bürgermeister, der inzwischen ordentlich geladen hatte, bekam davon nichts mit.

»Also, so ähnlich sieht das aus, nur ohne die Metallplatte unten. Man nimmt das Karnickel und legt es auf die Bratfläche im Holzofen, und dann kommt die Schale oben drauf.«

Der Bürgermeister vollführte eine Geste, als legte er ein massives Bügeleisen auf ein imaginäres Kaninchen.

»Dann wird die Schale von außen mit glühenden Kohlen bedeckt, damit das Eisen heiß wird und das Kaninchen schön durch. Die Schale bildet für das Kaninchen eine Art Hülle, das ist nicht wie im Ofen, wo die Luft rundherum in Bewegung bleibt, und so wird das Kanin-

27

chen schön durch und bekommt auf der Außenseite eine herrlich braune Kruste. Das geht ganz fix. Es behält also den ganzen Saft und bleibt im Inneren wunderbar zart. Das ist bei uns die traditionelle Zubereitungsform. So und nicht anders brät man Kaninchen. Die Tradition will es so, fertig, aus.«

»Apropos Traditionen«, sagte Piergiorgio, »da wollte ich Sie noch was fragen. Was genau ist die Festa della Panca?«

Ein Leuchten zog über das Gesicht des Bürgermeisters.

»Da schau einer an. Was wissen Sie denn von der Festa della Panca?« (Man konnte die Großbuchstaben förmlich hören, auch wenn die Aussprache des Bürgermeisters schon seit einer ganzen Weile eine alkoholische Färbung angenommen hatte.)

»Na ja, ich habe heute Nachmittag einen gesehen, der trug einen Baumstamm, so dick wie ein Ochse. Ich habe mir sagen lassen, dass er dafür trainiert ...«

»Ja, die Festa della Panca ist eine wunderbare Sache. Sie findet bei uns jedes Jahr zu Sant'Antonio statt. Wir feiern damit den Jahresanfang. Also, das Ganze geht so vonstatten ...«

In diesem Moment kam Stelio mit dem Kaffee.

»Bitte schön. Der ist gut für die Verdauung, dann bekommen Sie auch die offiziellen Reden gut hin.«

Der Bürgermeister blieb bei dieser Unterbrechung hängen und starrte auf den Espresso.

»Wie viel Uhr ist es eigentlich? Allmächtiger, höchste Zeit. Fast zehn schon. Jetzt müssen wir aber mal loslegen, sonst schlafen uns die Leute ein. Auf geht's, trinken wir rasch den Kaffee, und dann fangen wir an. Die einen stehen, die anderen sitzen, heißt es bei uns, und jetzt ist Sitzen dran.«

Damit stürzte er die schwarze Brühe hinunter, erhob sich und eröffnete den offiziellen Teil des Abends.

Sonntag nach dem Abendessen

»Vielen Dank, Frau Dr. Castelli, für Ihre hochinteressanten Ausführungen zu unserer Genealogie und zur Interpretation der Kirchenregister. Meine Damen und Herren, einen herzlichen Applaus …«

Von den wenigen Anwesenden, die noch bei Bewusstsein waren, kam kraftloser Beifall, eine bloße Höflichkeitsgeste, die dem Bürgermeister jedoch Gelegenheit gab, Margherita auf ihren Platz zu komplimentieren und Piergiorgio aufzufordern, sich zu erheben.

»Und nun wird uns Dr. Pazzi, den Sie hier neben mir sehen, erklären, warum die Medizin ein derart großes Interesse an uns hat und wie er selbst uns unter die Lupe nehmen will.«

Piergiorgio, der bis zu diesem Moment Margherita gelauscht und dabei mit wachsender Unruhe beobachtet hatte, wie die Lider der Zuhörer auf Halbmast sanken, stand auf. Ihm war klar, dass er sich jetzt dem stellen musste, was jeder Redner am meisten fürchtet.

Ein Publikum, das in den Seilen hängt.

Also nicht etwa ein feindselig gestimmtes, dessen Haltung zu hitzigen, belebenden Auseinandersetzungen führen kann (und das häufig auch tut).

Und ebenso wenig ein beifälliges, das selbst dann in

Gelächter ausbricht, wenn die Witze einen Bart haben, der bis zum Fußboden reicht.

Auch keines, das Zustimmung heuchelt, sei es durch das nachdrückliche Nicken Einzelner oder durch entsprechende Bekundungen unter Sitznachbarn, während in Wirklichkeit jeder fröhlich seinen Gedanken nachhängt.

Nein, das Schlimmste, was einem passieren kann, ist eine Zuhörerschaft, die wie unter Narkose oder im Halbschlaf nur noch darauf wartet, dass die Qual ein Ende hat und man endlich aufstehen darf. Ein Publikum mit der Aufmerksamkeit einer Schulklasse in der fünften Unterrichtsstunde, wenn die Schüler schon geschlagene vier Stunden ein Potpourri von Themen hinter sich haben und nun, übersättigt von Rechnungen, Revolutionen und sonstigem Gerede, schlicht und ergreifend nicht mehr können.

Ganz verdenken konnte man es den Ärmsten nicht. Eine gute Stunde lang hatten die etwa zweihundert Versammelten einen philologischen Vortrag über Pfarrarchive über sich ergehen lassen, unter besonderer Berücksichtigung ihres Nutzens zur Erstellung von Stammbäumen, das Ganze gewürzt mit einer Reihe typischer Beispiele wie aus einem Uni-Seminar. Die Sprecherin bediente sich hierzu eines kleinen Laptops, dankenswerterweise von der Abteilung für Romanische Philologie zur Verfügung gestellt. Allerdings mussten für die Präsentation die Lichter gelöscht werden, wodurch das Einzige aus dem Blickfeld geriet, was für einen Gutteil der Anwesenden ihre Aufmerksamkeit verdient hätte – das

Gesäß der Philologin, das einer Michelangelo-Figur würdig gewesen wäre. Und so sank einer nach dem anderen in Morpheus' Arme.

Bevor man ein solches Publikum ansprechen kann, muss man es erst einmal wachrütteln.

Langsam trat Piergiorgio zur Mitte des Tisches, in der Haltung eines Mannes, der mit sich selbst beschäftigt ist.

Die Anwesenden warteten. Wann würde der Gast endlich den Mund aufmachen und reden? Doch Piergiorgio begann stattdessen, betont aufmerksam den schweren Tisch aus Nussholz zu betrachten, an dem er und elf weitere Personen zu Abend gespeist hatten. Nachdem er ihn sorgfältig inspiziert hatte, legte er eine Hand auf die Tischplatte und wandte sich an Stelio.

»Was mag der Tisch hier wiegen, Signor Stelio?«

Die Antwort kam nuschelnd: »Was weiß'n ich.«

Gedämpftes Gelächter. Als es verebbt war, hakte Piergiorgio nach.

»Na, kommen Sie, so ungefähr.«

»Na, so sechshundert Kilo.«

»Hervorragend. Und jetzt hätte ich gern zwei Freiwillige, die den Tisch kurz hochheben.«

Getuschel.

»Sie verstehen schon richtig. Ich hätte gerne, dass zwei von Ihnen herkommen und den Tisch vom Boden heben.«

Während das Stimmengewirr lauter wurde, erhoben sich drei oder vier Personen von ihren Stühlen.

»Bitte, zwei Personen genügen.«

Und so kamen nach einem kurzen Blickwechsel schließlich zwei Männer herüber. Der eine, Bonacci, war der Höhlentroll, den Piergiorgio schon am Nachmittag in Aktion gesehen hatte. Der andere, der, wenn ihn sein Gedächtnis nicht täuschte, den Namen Visibelli Palla trug, schien aus demselben Holz geschnitzt.

Nachdem die zwei an den Tischenden in Position gegangen waren, starrten sie kurz auf ihre Hände. Mühsam rangen sie sich dazu durch, aufs Hineinspucken zu verzichten, vermutlich aus Achtung vor dem Gast, und packten dann auf ein Zeichen hin gleichzeitig zu. Eins, zwei, drei, hopp! (Oder besser gesagt: Hu-a!) Und schon hob sich der Tisch dreißig Zentimeter vom Boden, gehalten von den zwei Mannsbildern, deren Bein- und Rumpfmuskulatur sich mächtig anspannte. Nach einigen Sekunden fingen ihnen die Unterarme an zu zittern.

In diesem Augenblick sagte Piergiorgio schlicht: »Danke.«

Im nächsten Moment ließen sie den Tisch unsanft zu Boden krachen.

Der Lärm riss auch noch die letzten drei oder vier Anwesenden aus dem Koma.

Während sich die beiden Freiwilligen verdattert ansahen, breitete Piergiorgio die Arme aus und zeigte mit einer Handbewegung auf sie.

»Voilà – deshalb sind wir hier. Weil Sie hier im Dorf stark sind. Sehr stark.«

Erst der Weckruf, dann die Schmeichelei. Und das Publikum ist erobert.

»So weit diese kleine Darbietung. Aber ich glaube, die Körperkraft der Einwohner von Montesodi Marittimo ist in der Gegend seit vielen Jahren legendär.«

Getuschel. Auf der Leinwand erschien eine Ansicht des Dorfes mit dem Herzkasperweg im Zentrum.

»In letzter Zeit wurde diese besondere Aura auch noch durch objektive Forschungsergebnisse bestätigt, angefangen mit Ihrem berühmtesten Landsmann.«

Noch lauteres Stimmengewirr, als das Bild eines jungen Kerls erschien, stiernackig und mit einem Paar Segelohren, die ihm etwas Affenhaftes gaben. Jeder der Anwesenden wusste, dass er Antonio Mercialli Palla vor sich hatte, bekannt als »der wandelnde Schraubstock«, im Dorf geboren und frischgebackener Olympiasieger im Freistilringen. Im Verlauf des Wettbewerbs hatte er weniger durch sein technisches Können beeindruckt als durch die erstaunliche Leichtigkeit, mit der er seine Kämpfe für sich entschied. Mehr als einen hatte er dadurch gewonnen, dass er seinen Gegner aushob, über den eigenen Kopf hievte und ihn gleich darauf wieder zu Boden schleuderte.

»So kommt es, dass sich das Endokrinologische Institut unserer Universität dazu entschlossen hat, die Frage, warum Sie über derartige Kräfte verfügen, genauer zu erforschen. Insbesondere soll herausgefunden werden, ob Ihre genetischen Anlagen dafür verantwortlich sind.«

Piergiorgio drückte eine Taste auf seinem Computer, und auf der Leinwand erschien das Foto eines Kindes, das auf nur einem Arm balancierte.

»Vor einigen Jahren kam in Deutschland ein Junge mit unglaublicher Muskelkraft zur Welt. Schon im Alter von vier Jahren war er in der Lage, Lasten zu tragen, die sein eigenes Körpergewicht überstiegen. Der Grund für diese ungeheure Kraft liegt in einer Anomalie eines Gens mit der Bezeichnung MSTN. Dieses enthält in der Regel die Information, die unser Körper braucht, um ein Protein namens GDF-8 zu erzeugen, besser bekannt unter dem Namen Myostatin. Myostatin dient im Verbund mit anderen Faktoren dazu, das Muskelwachstum unseres Körpers zu begrenzen. Es ist, kurz gesagt, eine Art Moderator, der verhindert, dass unsere Muskeln sich übermäßig entwickeln.«

Piergiorgio zeigte eine Darstellung, auf der eine für Nichtexperten völlig unverständliche biochemische Skizze zu sehen war. Aber gerade dass sich der einfache Mann darauf unmöglich einen Reim machen konnte, verlieh dem Vortrag eine Aura von wissenschaftlicher Glaubwürdigkeit.

»Im Fall des besagten Jungen ist das Gen mutiert und trägt daher nicht die richtige Information. Also wird auch kein Myostatin produziert.«

Piergiorgio sah die Zuhörer an.

»Wir stellen uns also die folgende Frage: Könnte es sein, dass in Montesodi etwas Vergleichbares vorliegt? Möglicherweise weist die hiesige Bevölkerung eine hohe Wahrscheinlichkeit für eine entsprechende Genanomalie auf. Könnte hierin der Grund dafür liegen, dass die Leute solche Kräfte entwickeln?«

Piergiorgio warf einen Blick in die Runde, die noch immer aufmerksam und sichtlich interessiert war. Jetzt kam der Teil, der am wenigsten Anklang finden würde.

»Kurzum, wir haben uns in den Kopf gesetzt, dieser Frage nachzugehen, indem wir an einer Anzahl von freiwilligen Familien im Dorf eine Reihe von Tests durchführen.«

Und damit begann Piergiorgio, eingehend zu erklären, welche Arbeit er zu leisten hatte. Anfangen mit den methodischen Voraussetzungen.

Die Aufmerksamkeitsspanne eines Menschen liegt im Durchschnitt zwischen zehn Minuten und einer Viertelstunde. Versucht man, über einen längeren Zeitraum hinweg Lehrinhalte zu vermitteln, so muss man ein Element in die Gleichung einführen, das den Zuhörer überrascht und ihn auf völlig natürliche Weise erneut dazu bringt, dem Lehrenden seine ungeteilte Aufmerksamkeit zu schenken. Schriftlich lässt sich das dadurch erreichen, dass man mitten im Arsch des Satzes einen Ausdruck verwendet, der logisch oder grammatikalisch nicht im Geringsten zu dem passt, was bisher gesagt wurde oder anschließend folgt. Bei einem mündlichen Vortrag kann jedes unverhoffte Ereignis – die halsbrecherischen Kapriolen des Redners, das Einblenden nackter Schönheiten, Frau Merkel, die auf einem Motorroller in den Saal gefahren kommt, und zwar auf dem Hinterrad, etc. – diese Funktion erfüllen.

In den vergangenen zehn Minuten hatte Piergiorgio nach einer kurzen Einführung in die mendelschen Gesetze die Aufmerksamkeit der Anwesenden zusehends aufgebraucht, indem er die Methoden erläuterte, mit denen er die Körperkraft und physische Konstitution seiner Freiwilligen zu erforschen gedachte. Als er merkte, dass seine Zuhörer immer mehr abschweiften, begann Piergiorgio im Weiterreden zu überlegen, womit er die Leute überraschen sollte, um sie wachzurütteln.

Doch glücklicherweise blieb es unserem Freund erspart, auf radikale Mittel zurückzugreifen. Denn als er die Liste der Dorffamilien verlesen hatte, die sich an der Untersuchung beteiligen würden, und sich gerade über den Computer beugte, um das nächste Bild herbeizuklicken, kam eine Stimme aus dem Dunkel wie ein Peitschenknall:

»Wer hat Ihnen eigentlich erlaubt, die Leute zu untersuchen?«

Piergiorgio hob den Blick, aus dem Publikum war aufgeregtes Stühlerücken zu hören. Die Stimme schien einer Frau in fortgeschrittenem Alter zu gehören, und in der Tat wurde hinter einer Gruppe nach hinten gedrehter Köpfe das Gesicht einer Frau erkennbar, die man mit Fug und Recht alt nennen konnte und zweifellos auch aufgebracht. Piergiorgio erkannte sie wieder: Sie war nach dem Abendessen gekommen, während des Vortrags der Philologin, und hatte sich auf einen leeren Stuhl gesetzt, der offenbar für sie reserviert gewesen war.

»Entschuldigung?«

»Mit welchem Recht kommen Sie überhaupt hierher, um Ihre genetischen Studien durchzuführen?«

»Das Ganze geschieht auf freiwilliger Basis, Signora. Ausschließlich auf freiwilliger Basis.«

Die alte Dame gab ein abschätziges Geräusch von sich. Nach kurzem Schweigen fuhr Piergiorgio fort.

»Vor Projektbeginn wurde eine Reihe von Familien auf ihre Bereitschaft hin befragt, auf absolut freiwilliger Basis, also mit einer Einverständniserklärung für jeden einzelnen Betroffenen, Blutproben abzugeben und an Interviews teilzunehmen ...«

»Ich bitte Sie. ›Auf absolut freiwilliger Basis‹, dass ich nicht lache. Es gibt in den von Ihnen genannten Familien Personen, die sich ohne Zustimmung des Familienoberhaupts noch nicht mal die Schuhe binden.«

Unwillkürliches Kopfnicken durch einige Anwesende, deren Gedanken wohl einvernehmlich zu Emma wanderten, der zweitgeborenen Tochter der Familie Caproni und offiziellen Organistin von Sant'Antonio Abate; ein braves Mädchen, wie es im Buche stand, so beflissen und gefügig, dass man sie schon fast für dumm halten musste – eine junge Frau, die noch nie von dem sicheren Weg abgewichen war, der von daheim in die Kirche führte, außer als wohlanständige Haushaltshilfe beim Bürgermeister (dies an allen geraden sowie an Feiertagen) sowie im Hause Zerbi Palla (an ungeraden Tagen). Nach allgemeiner Auffassung ging sie auf ein so ruhiges wie unausweichliches lebenslanges Jungferntum zu.

»Darüber bin ich nicht informiert, Signora. Ich weiß nur, dass ...«

»Ja, wenn Sie nicht informiert sind, wie kommen Sie dann dazu, hier aufzukreuzen und uns unter die Lupe zu nehmen? Ist Ihnen klar, was das für Folgen haben kann?«

Während Piergiorgio sich umsah, um einen Eindruck davon zu bekommen, wie viele der Anwesenden sich mit dieser verrückten Alten einverstanden zeigten, erhob sich der Bürgermeister langsam von seinem Sitz.

Wenn es etwas gab, wofür Piergiorgio einen Menschen beneidete, dann war es Autorität: die echte, diejenige, die man sich im Lauf eines Lebens erwirbt und die man nicht für Geld kaufen kann. Vielmehr gründet sie auf dem vollen Bewusstsein der anderen – seien es Freunde, Verwandte oder Unbekannte –, dass die Gesten und Worte des Betreffenden so gewichtig sind wie Felsblöcke. Und die ruhige, würdige Art, in der Benvenuti sich erhob, besagte genau das.

In die allgemeine Stille hinein sagte der Bürgermeister: »Ich möchte hier allen in Erinnerung rufen, dass wir ausgewählt wurden, an einer Untersuchung teilzunehmen, die von großer Bedeutung sein könnte. Wir haben das im Stadtrat besprochen und sind auf demokratischem Wege zu dem Entschluss gelangt, mit der Wissenschaft zusammenzuarbeiten. Seit ich geboren bin, ja noch länger, ist das bei uns so üblich. Und wenn jemand noch nicht lange genug im Dorf ist, um das verstanden zu haben, dann hält ihn hier niemand auf.«

Einige Sekunden lang machte sich peinliches Schweigen breit. Dann, mit einer Würde, die sich mit jener des Bürgermeisters beinahe messen konnte, erhob sich die alte Dame, blickte einen Moment lang reglos in die Runde und ging dann entschlossen zum Ausgang. Kurz darauf bahnte sich ein etwa fünfzigjähriger Mann seinen Weg zwischen den Stühlen hindurch und folgte ihr eilig. Die Tür des Lokals fiel ins Schloss, und man hörte von draußen eine männliche Stimme, die verunsichert sagte:

»Mutter, warte doch ... Wo willst du denn hin, Mensch ... Mutter, Herrgott noch mal!«

Dann fiel die Tür ein zweites Mal ins Schloss. Und wenn schon nicht Ruhe einkehrte, so wenigstens Stille.

»Ich möchte mich im Namen des ganzen Dorfes für diesen kleinen Zwischenfall entschuldigen.«

Nach der Unterbrechung hatte Piergiorgio seinen Vortrag wieder aufgenommen, nur sprach er jetzt doppelt so schnell. Zum Schluss waren ihm ein, zwei Höflichkeitsfragen gestellt worden. Danach verließen die Anwesenden den Saal, nicht ohne sich zuvor alle voneinander zu verabschieden, einschließlich Piergiorgio und Margherita.

Während sie sich ebenfalls anschickten, das Lokal zu verlassen, reichte der Bürgermeister, offenkundig ernüchtert von dem unverhofften Zwischenspiel, seinem Gast die Daunenjacke. Piergiorgio lächelte höflich.

»Das macht doch nichts. So was kommt vor. Auch ein Bürgermeister kann wohl kaum sämtliche Dorfbewohner unter Kontrolle halten, oder?«

»Nein, das stimmt. Im Wald habe ich überall Videokameras stehen, aber die sind für die Wildtiere, nicht für die Menschen. Und selbst wenn man sehen könnte, dass jemand über die Stränge schlägt, ich kann dem Betreffenden ja schlecht eine Kugel verpassen. Ganz abgesehen von moralischen Überlegungen, die Munition käme mich teurer als das Benzin für meinen Geländewagen.«

»Das fehlt gerade noch, dass du anfängst, auf Leute zu schießen, Armando.« Signora Viola, die Gattin des Bürgermeisters, eingemummelt in einen Zobelmantel, der wohl mehr kostete als der Geländewagen selbst, schenkte ihrem Mann ein verfrorenes Lächeln. »Wir sind doch so schon so wenige, wenn du jetzt noch ein paar um die Ecke bringst ...«

»Wenige, aber gute«, versetzte der Bürgermeister lachend. »Wie Dr. Pazzi uns vorhin erklärt hat. Kommen Sie, ich bringe Sie jetzt mal besser zu Ihrer Unterkunft. Signora Zerbi wird Sie wohl trotz allem ins Haus lassen.«

»Wie meinen Sie das?«

»Tja, also ... Haben Sie sie nicht erkannt?«

»Armando«, sagte die Frau Bürgermeister in dem geduldigen Tonfall, den Ehefrauen in Gegenwart Dritter so gerne an den Tag legen, »Dr. Pazzi ist doch erst heute Nachmittag angekommen. Da war Annamaria bei mir beim Bridge. Sie ist erst gegen acht gegangen. Ich glaube nicht, dass sie sich noch vorstellen konnten.«

»Wo du recht hast, hast du recht, meine Liebe. Na schön, das hätten wir jetzt jedenfalls.«

»Entschuldigen Sie, ich kann noch immer nicht folgen«, sagte Piergiorgio. Aber noch während er sprach, wurde ihm klar, dass er sehr wohl begriffen hatte. Und der Bürgermeister bestätigte es ihm sogleich:

»Die Dame, die Ihnen vorher hinterhergekeift hat, war Ihre Gastgeberin. Signora Zerbi Palla. Ihre Gastgeberin für die nächsten zwei Wochen. Eine sehr tüchtige Person, zweifellos, nur halt eine von denen, die zu allem ihren Senf dazugeben müssen, wenn Sie wissen, was ich meine.«

Sonntagnacht

Nachdem ihn der Bürgermeister vor dem Eingang der Casa Zerbi abgesetzt hatte, schob Piergiorgio den Schlüssel ins Schloss, so leise er konnte.

Angesichts der ersten Begegnung schien ihm nicht geraten, die alte Bissgurke noch weiter gegen sich aufzubringen, indem er sie aus dem Schlaf riss. Bittere alte Frauen neigten ohnehin zu leichtem Schlaf, und eine wie die hier wachte bestimmt schon auf, wenn die Katze vorüberschlich. Da war er wohl besser vorsichtig.

Was sich jedoch als nutzlos erwies. Obgleich Piergiorgio die Haustür mit der Geschmeidigkeit eines Sioux-Indianers öffnete, stellte er fest, dass im Wohnzimmer jemand vor dem Fernseher saß. Während er die Tür hinter sich zuzog, hörte er die Stimme:

»Dr. Pazzi?«

»Ja, ich bin's. Guten Abend, Signora.«

Trotz allem fühlte Piergiorgio sich verpflichtet, einen Blick ins Wohnzimmer zu werfen und der Alten Gute Nacht zu sagen; unter anderem, weil Piergiorgio die Formen zu wahren wusste, aber nicht nur deshalb.

Signora Zerbi, die vor dem auf stumm geschalteten Fernseher saß, drehte sich zu Piergiorgio um. Aus ihrem

Lächeln sprach eine leichte Müdigkeit, alles in allem jedoch wirkte es aufrichtig.

»Ah, Dr. Pazzi, guten Abend. Vielleicht ist das nun der Augenblick, uns einander vorzustellen, wie es sich gehört. Ich bin Annamaria Zerbi.«

»Freut mich. Piergiorgio Pazzi.«

Und wie schon eine Stunde zuvor ergriff Signora Zerbi die Initiative, wenn auch diesmal auf höfliche Weise.

»Es tut mir aufrichtig leid, Sie vorher so angegriffen zu haben. Ich hoffe, ich habe Ihnen nicht den Abend verdorben.«

Nach einem kurzen Zögern kam Piergiorgio zu dem Schluss, dass er diesen Ölzweig annehmen sollte, und er antwortete seinerseits mit einem Lächeln.

»Na, zum Glück hatte ich schon zu Abend gegessen, Sie haben mir diesen Genuss also nicht verdorben. Denn das hätte ich Ihnen schwerlich verzeihen können.«

Signora Zerbi fügte einen weiteren Zahn zu ihrem Lächeln hinzu.

»Man isst gut bei Stelio, nicht wahr? Sollte man gar nicht erwarten in so einem verlassenen Nest. Ich habe davon leider nichts. Mein Herz macht manchmal Schwierigkeiten, sodass ich Diät halten muss.«

»Ich hoffe, es ist nichts allzu Gravierendes.«

Signora Zerbi hob die Schultern (samt vorschriftsmäßigem Witwenschal) und seufzte.

»Sie sind Arzt, sehen Sie mir also nach, wenn ich mich Ihnen gegenüber dazu nicht äußere. Sie würden mir doch nur sagen, was ich schon weiß und woran ich mich nur ungern erinnern lasse. Aber nein, Ihre Hoffnung trügt. Deshalb bin ich auch erst nach dem Abendessen gekommen. Es fällt mir schon schwer genug, Eiweißomelett und geriebene Karotten essen zu müssen. Wenn ich dann noch zuschauen müsste, wie sich hundert Personen am ›Hasen unter Schale‹ gütlich tun, wäre mir das ehrlich gesagt zu viel. Aber am besten wäre ich vielleicht ganz zu Hause geblieben.«

»Nicht doch, ich bitte Sie. Kritik gehört nun einmal dazu, wenn man einen Vortrag hält. Auf Tagungen habe ich schon Schlimmeres erlebt.«

Das war gelogen, aber Signora Zerbi schien es zu beruhigen.

»Na, zum Glück. Jetzt, wo ich es Ihnen erklären kann, fühle ich mich schon besser. Sehen Sie, ich bin vorhin etwas erschrocken, als Sie von Genanalysen sprachen, bei denen ganze Familien untersucht werden sollen. Solche Untersuchungen könnten in manchen Fällen auch Unruhe stiften.«

»Entschuldigen Sie, was meinen Sie damit?«

Signora Zerbi wandte einen Moment lang den Blick ab, bevor sie weitersprach.

»Wir sind hier in der Toskana, dem Stammland der Sprichwörter. Wissen Sie, wie hier bei uns im Dorf das beliebteste Sprichwort lautet? ›Ist dir ein Seitensprung beschieden, lebt die Familie auch in Frieden.‹«

»Ach so.«

»Verstehen Sie jetzt, was mich erschreckt hat? In diesem Dorf trägt etwa ein Drittel der Kinder den falschen Familiennamen. In manchen Fällen ist das allgemein bekannt, in anderen wird es vermutet, in wieder anderen weiß keiner davon. Und manchmal ist es besser, dass diese Unwissenheit erhalten bleibt.«

Damit schwieg Signora Zerbi und wandte sich wieder dem lautlosen Fernseher zu, der das Zimmer in unregelmäßiges Licht tauchte.

Piergiorgio fühlte sich zu einer Erklärung genötigt.

»Ich verstehe Ihre Sorge, Signora Zerbi. Sie befürchten, dass wir im Laufe der Untersuchungen auf uneheliche Kinder stoßen könnten. Aber ich darf Sie beruhigen. Ein solcher Vorfall wäre so einschneidend, dass wir entsprechend unserem Standard verpflichtet sind, dem vorzubeugen.«

»Ich verstehe. Die Datenschutzgesetze.«

»Nein, die Sache ist etwas komplizierter. Bei Gruppenuntersuchungen wie überhaupt bei jeglichen Tests, an denen Eltern und Kinder beteiligt sind, werden die Proben anonym erfasst. Genauer gesagt, sie werden so anonymisiert, dass die Nachvollziehbarkeit im Rahmen des Stammbaums gewahrt bleibt. Wenn ich also eine Reihe von Daten erhebe, die, sagen wir, die Familie Bigazzi betreffen, dann gehen die Proben keineswegs mit einer Aufschrift ins Labor, auf der steht: ›Blut der Bigazzis und ihrer leiblichen Kinder, jedenfalls hoffen wir das‹, sondern mit einem anonymisierten Vermerk, auf dem die Proben dem Vater, der Mutter und dem jeweiligen Kind zugeordnet werden, ohne weitere Angaben. Sie könnten also von jeder beliebigen Familie aus dem Dorf sein, die aus Vater, Mutter und zwei Kindern besteht. Natürlich wird eine Reihe von Tests durchgeführt, um festzustellen, ob die fraglichen Kinder auch wirklich von dem Vater abstammen, aber wenn sich herausstellt, dass ein Seitensprung dafür verantwortlich war …« Piergiorgio knüllte ein imaginäres Blatt Papier zusammen und warf es in den Müll. »Dann wird die Probe schlicht und ergreifend entfernt. In dem Fall endet der Stammbaum hier. Man ruft also nicht etwa bei der Familie an und legt dem gehörnten Ehemann nahe, sich einen Knüppel zu besorgen. Selbst wenn wir wollten, wäre uns das nicht möglich, denn wir wissen ja nicht, wie der Betreffende überhaupt heißt. Für uns handelt es sich um das Familienoberhaupt der Familie Nummer eins und nicht um Signor Bigazzi.«

»Nun ja, Sie haben da eines der wenigen Beispiele genannt, für die ich meine Hand ins Feuer legen würde«, lachte Signora Zerbi, den Blick noch immer auf den Fernseher geheftet. »Es gibt da auch welche, bei denen ich Ihnen empfehlen würde, auf die Blutentnahme gleich zu verzichten.«

»Weil das ganze Dorf Bescheid weiß?«

»Weil ich Bescheid weiß. Und in bestimmten Fällen auch das ganze Dorf. Aber nicht in allen. Mögen Sie Turmspringen?«

Piergiorgio verstand erst nicht, was sie meinte. Dann fiel sein Blick auf den Fernseher, und er sah, dass auf dem Kanal eine Meisterschaft im Wasserspringen lief.

»Nicht besonders. Und Sie?«

»Ja, ziemlich.«

»Sind Sie Wassersport-Fan?«

»Ich sehe das alles nicht ungern.« Sie lachte erneut, und ihr Ton wurde weicher. »Sagen wir's so, in meinem

Alter ist das ein guter Vorwand, sich gut aussehende, muskulöse junge Männer in Badehosen anzusehen.«

Auch Piergiorgio ließ den Blick vorsichtshalber auf dem Bildschirm.

»Im Übrigen war auch mein Mann prächtig gebaut. Schauen Sie, urteilen Sie selbst.«

Nach kurzem Schweigen deutete Signora Zerbi auf ein Foto, das gerahmt auf einem Tischchen stand. Es zeigte sie selbst vor etwa vierzig Jahren – dasselbe Untersuchungsrichtergesicht, nur leicht abgemildert durch die Jugend –, sie saß auf einem Motorrad, hinter einem jungen Mann mit nacktem Oberkörper und einem Paar Segelohren, die ihm etwas Provinzlerisches gaben, ansonsten aber wirkte er wie eine Skulptur von Bernini.

»Der auf dem Motorrad. Alberto.«

Und daran, wie Signora Zerbi »Alberto« sagte, merkte Piergiorgio, dass es sich nun schleunigst empfahl, ein angenehmeres Thema zu finden, bevor die Ärmste in Tränen ausbrach.

»Und das daneben ist Ihr Sohn?«, fragte er, auf der Suche nach etwas Unverfänglichem. Er zeigte auf das Foto eines Kleinkinds mit Schnuller und einem Satz Elefantenohren, die vollkommen denen des unglücklichen Alberto glichen.

»Genau. Giulio.« Der Ton, in dem Signora Zerbi das sagte, ließ Piergiorgio überlegen, ob er sich vielleicht in der Taktik geirrt hatte. Aber er blieb mit der rätselhaften Selbstsicherheit, mit der Männer so gerne – und so irrtümlich – auf ihr Urteil vertrauen, auf dem eingeschlagenen Weg.

»Schlägt nach dem Vater.«

»Nur im Schlechten.«

An diesem Punkt war Mundhalten die einzig mögliche Strategie. Während Piergiorgio sich an die Benediktinerregel hielt und sich auf den Bildschirm konzentrierte, auf dem ein junger Mann mit Waschbrettbauch auf dem Sprungbrett ganz langsam in Position ging, fuhr Signora Zerbi schließlich fort.

»Mein Mann war ein guter Mensch, großzügig, außerstande, anderen etwas zuleide zu tun. Und er war ausgesprochen fleißig. Er war keine Leuchte, im Gegenteil, ehrlich gesagt eher ein bisschen beschränkt, aber das machte mir nichts aus. ›Du bist eben aus Marmor gemeißelt‹, sagte ich häufig zu ihm, ›auch vom Hals aufwärts.‹ Und er hat gelacht. Ihm gefiel das, den Höhlenmenschen zu geben. Und Giulio«, sagte Signora Zerbi mit einem Seufzen, »ist auch so einer. Vom Hals aufwärts.«

Sie fiel einen Moment lang in Nachdenken, während der junge Kerl zwischenzeitlich in den Handstand übergegangen war, die Arme gestreckt, das Gesicht scheinbar ruhig und entspannt.

»Das Einzige, bei dem sie nicht in Streit gerieten, war die Jagd. Über alles andere breiten wir lieber den Mantel des Schweigens.«

Ohne zu schwanken, stieß der Turmspringer sich ab, mit optimaler Kraft. Während des Fluges fand er Gelegenheit, in eingeklappter Haltung zwei Salti zu vollführen, bevor er den Körper öffnete und ins Wasser eintauchte wie eine Rasierklinge.

Piergiorgio, der wie alle Männer wie hypnotisiert vor

dem Fernseher stand, solange dort eine Sportsendung lief, egal welche, schaffte es erst, die Augen vom Bildschirm zu lösen, nachdem die Wertungen der Kampfrichter eingeblendet worden waren. Sein Blick fiel auf die Jagdtrophäen an den Wänden.

»Hier im Dorf wird überhaupt gern gejagt, nicht wahr? Wissen Sie, was mir der Bürgermeister gesagt hat, bevor wir zum Abendessen gingen?«

»Ich kann es mir denken. Dasselbe, was er allen Gästen sagt, wenn es zum Abendessen ins *Pignata* geht oder zu ihm nach Hause. ›Alles, was Sie heute Abend zu sich nehmen werden, habe ich erlegt. Höchstpersönlich.‹ Als er das zu mir gesagt hat, habe ich geantwortet: ›Die Polenta haben Sie auch erlegt, ja?‹ Es war der Beginn einer wunderbaren Freundschaft.«

Und Signora Zerbi seufzte in Erinnerung an die gute alte Zeit.

»Später hat sich das geändert?«

»Ein Stück weit, ja. Aber das lag an keinem von uns. Im Leben ist das eben manchmal so. Und Armando ist ein großartiger Mensch. Ausgesprochen fleißig und der anständigste Kerl, den man sich vorstellen kann, trotz seiner Jagdobsession. Stellen Sie sich vor, jetzt soll er auch noch Senator werden.«

»Senator?«

»Ja, ja. Seine Partei gehört eigentlich eher zu den demokratischen, aber es gab da wohl Probleme mit dem Schatzmeister. Also hat man sich auf die Suche nach Leuten gemacht, die als anständig und fähig gelten. Die will man nach Rom schicken, damit sie die Bank drücken und brav ihre Stimmkarten ausfüllen, anstatt dass sie daheim die Dinge regeln, wie es sich gehört. Anständig und fähig, das ist eine seltene Kombination. Auf den guten Armando trifft es allerdings zu, da gibt es keinen Zweifel. Anscheinend kommt er bei der nächsten Wahl ganz weit oben auf die Kandidatenliste.«

»Verstehe. Ein starker Mann aus dem Dorf der Starken. Sie selbst sind nicht von hier, habe ich das richtig verstanden?«

»Sieht man so sehr, wie schwach und klapperig ich bin? Aber es stimmt, ich bin nicht von hier, wie schon der Herr Bürgermeister so freundlich bemerkte. Ich stamme aus Neapel, mein Mädchenname lautet Acierno. Inzwischen habe ich den fast schon vergessen, hier nennen sie mich nur Frau Lehrerin, obwohl ich schon lange nicht mehr unterrichte.«

Signora Zerbi schüttelte den Kopf.

»Und auch anderes vergesse ich, was in meiner Heimatstadt üblich war. Etwa die gute Erziehung. Ich habe Ihnen noch gar nichts angeboten. Möchten Sie einen Espresso?«

»Nehmen Sie Zucker?«

»Ja, bitte.«

Signora Zerbi fühlte sich in der Küche sichtlich wohler als im Wohnzimmer. Für Piergiorgio galt das nicht.

Das Wohnzimmer, altmodisch eingerichtet, mit Tischchen, auf denen ein Fotorahmen neben dem anderen stand, dazu Nippes, Porzellanfiguren und andere Nettigkeiten, das konnte er ertragen, zumal angesichts der riesigen Bibliothek, deren zahlreiche Bände sehr vielversprechend aussahen, ein guter Ort zum Stöbern, wenn er nachts nicht schlafen konnte. In dieser Hinsicht war die Casa Zerbi hervorragend ausgestattet.

Von der Küche ließ sich das nicht gerade behaupten. Die Einrichtung, der Zustand der Herdplatten (blitzblank, aber mit jener melancholischen Patina, die überholte technische Geräte an sich hatten; Piergiorgio wurde davon immer ganz anders), die halb vollen Behälter mit jahrtausendealten Gewürzen und handgeschriebenen Etiketten, man konnte erraten, dass sie nie in Gebrauch gewesen oder schon seit Langem in Ungnade gefallen waren. Dazu Signora Zerbi, die das Kaffeepulver aus einer Dose mit der Aufschrift »Salz« genommen hatte und jetzt den Löffel in eine metallene Zuckerdose steckte, die wohl älter war als das Haus selbst.

Nachdem sie Zucker in das leere Tässchen gegeben hatte, stellte sie selbiges auf ihren Platz in der Espressomaschine und betätigte nicht ohne eine gewisse Mühe einen Knopf. Während der Kaffee herausquoll, nahm sie eine Untertasse und ein Löffelchen und stellte beides neben den Automaten. Dann stellte sie Piergiorgio ein Glas mit einem Schluck Wasser hin.

»Zucker vor dem Kaffee?«

»Ja, so macht man das in Neapel. Erst kommt der Zucker in die Tasse, sonst macht er die Creme kaputt, die sich an der Oberfläche bildet. Und da Sie sich offensichtlich nicht auskennen, sage ich Ihnen gleich dazu: Das Wasser trinkt man vorher. Dann wird der Mund von allem Schmutz gereinigt, und das Aroma kann wirken.«

Piergiorgio folgte der Anweisung, und Signora Zerbi servierte ihm den Espresso.

»Das einzige Mal, dass ich mit meinem Mann in Neapel war, habe ich ihm vorher gesagt, dass der Espresso in den Bars oft schon gezuckert serviert wird. Er trank ihn gerne ungezuckert, also habe ich ihn vorgewarnt. Wenn du ihn ungezuckert willst, dann sag das dem Kellner lieber gleich.«

Signora Zerbi, die zwischenzeitlich Platz genommen hatte, stand auf, um die Szene besser darstellen zu können.

»Und da bestellt er in der ältesten Bar des Vomero-Viertels einen Espresso ohne Zucker. Und der Barmann mustert ihn etwas verwundert, aber dann bringt er ihm das Wasser und den ungezuckerten Espresso. Und mein Mann trinkt, ohne mit der Wimper zu zucken, erst den Espresso und dann das Wasser. Der andere sieht zu, wie er das Glas hinstellt. Dann blickt er ihm ins Auge und sagt: ›Also wirklich!‹ Dreht sich um und geht.«

»Na, das war ja auch ein regelrechter Affront.«

Signora Zerbi schüttelte erneut den Kopf, während Piergiorgio seinen Espresso austrank. Der trotz Dose und Maschine schlicht und einfach phantastisch war. Während er die Tasse absetzte, fiel ihm etwas ein.

»Entschuldigen Sie, Signora Zerbi. Wenn ich richtig informiert bin, leben Sie hier schon ziemlich lange.«

»Das kann man sagen. Seit fast sechzig Jahren.«

»Das heißt, Sie kennen die Traditionen des Dorfes.«

»Allerdings.«

»Ausgezeichnet. Dann können Sie mir vielleicht erklären, was die Festa della Panca ist?«

Eine Woche später

Die Chroniken aus dem späten 19. Jahrhundert berichten, der Marchese Aspasio Filopanti Palla, damals reichster Grundbesitzer von Montesodi Marittimo, sei ein großer Jäger gewesen, ein beeindruckender Esser und auch sonst ein Genießer. Heute würde man vielleicht sagen, er hat wild in der Gegend herumgevögelt, aber darum geht es jetzt nicht.

Des Weiteren berichten die Chroniken, dass der Marchese für gewöhnlich mit einer halben Stunde Verspätung in die Kirche kam, was im Übrigen bereits sein Vater, der Marchese Anacleto, so gehandhabt hatte. Selbstverständlich ging er davon aus, dass der Gottesdienst erst beginnen würde, wenn der Herr Marchese und seine Familie sich in der Kirche befanden; tatsächlich pflegte er sein Haus in dem Augenblick zu verlassen, in dem die Kirchenglocken zu schlagen begannen, und dann in einer langsamen Prozession, bestehend aus seiner Gattin, Signora Mafalda, seinem erstgeborenen Sohn Arcibaldo und seiner Tochter Amarillide, den Weg zur Kirche zurückzulegen. Einmal angekommen, nahm er Platz in der ersten Bank rechts vom Altar, mitsamt Familie, während die Bank zur Linken traditionell leer blieb. Erst jetzt setzte sich auch das Volk, und die Messe konnte endlich beginnen.

So hielten es die edlen Herrschaften auch zum Dreikönigsfest Anno Domini 1878, dem Tag, an dem erstmals der neue Dorfpfarrer Don Icilio Diotallevi ins Rennen ging, ein junger Mann, der erst vor Kurzem das Priesterseminar verlassen hatte und von der Kurie ins Dorf entsandt worden war, nachdem Don Dante Benedetti, der frühere Seelenhirte von Montesodi, ganz unverhofft seinen Geist ausgehaucht hatte. Just im Haus des Herrn Marchese hatte ihn ein Schlaganfall niedergestreckt, während gerade der achte Gang des Silvesterschmauses aufgetragen wurde.

Der Herr Marchese verließ also sein Haus beim Glockenläuten und traf um Punkt 11.27 Uhr in der Kirche ein, nur um mit höchster Missbilligung festzustellen, dass der Pfarrer in seiner Abwesenheit bereits einen Gutteil des Programms absolviert hatte und in eben diesem Moment mit der Predigt begann, begleitet von den verdutzten, ja entsetzten Blicken der halben Gemeinde (die noch stand) und der hingebungsvollen Aufmerksamkeit der anderen Hälfte (die lieber Platz genommen hatte). Mit geringschätziger Noblesse machte der Marchese kehrt und begab sich zurück in sein Domizil.

Am 17. Januar desselben Jahres, wenige Stunden bevor die Feierlichkeiten für Sant'Antonio Abate, den Schutzheiligen des Dorfes, beginnen sollten, überbrachte der Gutsverwalter der Familie Palla dem Pfarrer persönlich einen Brief. Darin wurde dem Herrn Pfarrer mitgeteilt, in der Pfarrei Sant'Antonio Abate nähmen derlei Feiern seit Menschengedenken erst dann ihren Anfang, wenn die wichtigste Persönlichkeit im Dorf, der Marchese

Palla, Gelegenheit gehabt habe, auf der ihm vorbehaltenen Bank in angemessener Weise Platz zu nehmen.

Don Icilio nahm den Brief in Empfang und wartete bis Punkt elf vor versammelter Gemeinde; dann wies er den Messner an, zur Messe zu läuten, trat durch die Tür der Sakristei und ging schnurstracks in die Kirche. Während der Thuriferar nicht nur vor Kälte bibbernd auf den Altar zuschritt, bog Don Icilio links ab, steuerte auf die Bank zu, die der Familie des Herrn Marchese vorbehalten war, und maß sie mit abschätzigem Blick. Dann, heißt es in den Chroniken, ging der Pfarrer in die Hocke, packte das fromme Möbelstück und hob es bis auf Brusthöhe. Langsam, doch entschlossen trug er es aus der Kirche und schlug den Weg zum Palazzo Palla ein.

Eine merkwürdige tropfenförmige Prozession begleitete den Pfarrer bis zum Palast. Als er den kleinen Vorplatz erreichte, an dem eine Außentreppe ins eigentliche Gebäude führte, trat der Marchese Aspasio mit sogar nach eigenen Maßstäben happiger Verspätung aus dem Tor. Auf dem Vorplatz, direkt vor den Augen des Adeligen, ließ der Pfarrer die Bank krachend fallen, holte kurz Luft (auch Pfarrer sind Menschen) und sagte mit einer Stimme, die man bis hinunter in die Ebene hören konnte:

»Bitte sehr, die ist für den Allerwertesten des Herrn Marchese.«

Die Leute erzählen, der Geistliche habe, als er sich umdrehte, auch noch ein paar nähere Anweisungen zum Gebrauch des Möbelstücks hinzugefügt, bei denen der Hintern des Herrn Marchese eine gewisse Nebenrolle spielte; wozu in den offiziellen Berichten allerdings nichts zu finden ist.

»So weit also die geschichtlichen Hintergründe«, sagte Piergiorgio. »Das wäre, was wir darüber wissen.«

Margherita nickte.

Die beiden hielten sich seit nunmehr einer Woche in Montesodi auf, gerade richtig, um mitzubekommen, wie mit dem Tag des Sant'Antonio Abate das wichtigste Ereignis des Dorflebens stattfand.

Vor ihnen, in der Kirche, warteten in einer Art weißem Mönchsgewand, das ihnen fast bis zu den Füßen reichte, etwa zehn Ungetümer in Menschengestalt. Jeder kniete vor einer Bank; um die Taille trugen die Hünen fast alle einen Gewichthebergurt mit der üblichen Verstärkung am Rücken.

Die Kirche war rappelvoll.

Trotz des dichten Schneefalls waren einige Hundert Schaulustige zur Festa della Panca nach Montesodi gekommen. Wie jedes Jahr.

Und wie jedes Jahr begann um Punkt elf das Glockenläuten.

Beim ersten Glockenschlag bekreuzigten sich die Berserker, richteten sich auf und packten mit einem Urschrei ein jeder seine Bank.

Die Technik war bei allen dieselbe: Nachdem sie die Bank von der kurzen Seite her aufgenommen hatten, nahmen alle Bankheber die Ausgangsposition ein, die mit der eines Gewichthebers vergleichbar war. In einer Abfolge von Bewegungen, die der beim Reißen glich, hoben sie das Bankende bis auf Leistenhöhe und senkten ihren Körperschwerpunkt ab, indem sie ein Bein nach vorne und eines nach hinten setzten. Dann richteten sie sich langsam auf, die Bank fest umklammert und auf Brust und Gesicht abgestützt. In dieser Haltung drehten sie sich um, und los ging's, raus aus der Kirche: ein ganz entscheidender Moment, denn der Ausgang ist eng, und es passt nicht mehr als eine Bank auf einmal durch. Wer also als Erster dorthin kommt, hat auf die weiteren Teilnehmer einen Vorsprung, der nicht zu verachten ist. Auf diesen Engpass folgt der eigentliche Umzug: ein Kilometer zu Fuß mit einem Gewicht von einem guten Zentner vor sich. Bei all dem sind lediglich zwei Regeln zu beachten: Es ist untersagt, die Bank auf einen Gegner zu werfen, und es ist untersagt, zu fluchen, solange man sich noch in der Kirche aufhält. Beiderlei Verstöße werden mit Wettbewerbsausschluss geahndet.

Der Erste, der ins Ziel kommt, also auf den Vorplatz vor dem Palazzo Palla, setzt auf der anderen Seite der Ziellinie die Bank ab (das mit dem »Absetzen« darf man nicht so wörtlich nehmen) und erwirbt somit das Recht, wenn er wieder bei Atem ist, laut und vernehmlich den Satz zu brüllen, den Don Icilio im Jahr 1878 von sich gegeben haben soll. Sieger ist, wer als Erster den Satz sagt, und nicht etwa der Erste, der die Bank ins Ziel bringt.

Während die Humanoiden auf den Hauptausgang zustürzten, begann das Publikum, die Kirche durch die Seitentüren zu verlassen, um sich einen günstigen Platz entlang der Absperrungen zu sichern. So auch Piergiorgio und Margherita, die nach dem aufregenden Moment, als alle durch den Engpass gedrängt hatten, ihr Gespräch wieder aufnahmen.

»Das muss derselbe Marchese Palla gewesen sein, auf den ich im Archiv gestoßen bin.«

»Ja, der Adelstitel hilft schon ein bisschen. Palla heißt hier ja jeder Fünfte. Sind die alle verwandt?«

»Tja, das geht eben auf den Marchese Aspasio zurück«, schmunzelte Margherita. »Wie gesagt, der Typ muss ein ziemlicher Schürzenjäger gewesen sein. Ich habe im Archiv einen Tagebucheintrag von Don Diotallevi aus dem Jahr 1879 gefunden, demzufolge er dem Marchese die Beichte abgenommen hat. Infolge dessen, was er als ›herzzerreißendes Wehklagen‹ bezeichnet, ›das sich seiner Brust entrang, nachdem ich ihm die nötige Buße auferlegt hatte, durch die er der göttlichen Vergebung teilhaftig werden könnte‹, habe der Marchese höchstselbst die Vaterschaft für sechs uneheliche Kinder anerkannt, die er in den Vorjahren gezeugt hatte. Ab da durften sie seinen Familiennamen führen, zusammen mit jenem der Familie, in der sie aufwuchsen.«

Piergiorgio kicherte.

»Meine Herren. Der Pfarrer muss ein harter Hund gewesen sein. Kannst du dir das herzzerreißende Wehklagen vorstellen? Der muss ihm ja mindestens ein paar Finger gebrochen haben. Und das steht wirklich alles im Pfarrarchiv?«

»Jedes Wort. Neben den Geburten wurden auch außergewöhnliche Neuigkeiten verzeichnet und anderes, das für das Dorfleben von Belang war. Habe ich doch schon am ersten Abend bei der Einführung gesagt, weißt du nicht mehr?«

Da war ich zu beschäftigt damit, dir auf den Hintern zu starren, hätte Piergiorgio antworten müssen, wenn er ehrlich gewesen wäre. Er entschloss sich für einen Mittelweg.

»Ich war ein bisschen angespannt, weil ich ja als Nächster reden sollte.«

»Tatsächlich? Dabei kommst du wie der geborene Redner rüber.«

»Ach, weißt du, das ist reine Übungssache …«

»Von wegen Übungssache. Ich kenne Leute, die lehren seit zwanzig Jahren an der Universität, aber wenn sie auf einer Tagung einen Vortrag halten sollen, nehmen sie vorher Lexotan. Manche Dinge lernt man nicht, und es kann sie einem auch keiner beibringen. Gib's schon zu, das ist genetisch bedingt. Damit solltest du dich doch auskennen. Woher hast du eigentlich die Geschichte mit der Bank?«

»Das hat mir die Zerbi erzählt. Meine Gastgeberin.«

»Ach, die alte Bissgurke. Ihr sollt ja inzwischen dicke Freunde sein.«

»Mhm.«

»Und deshalb hat sie dir die ganze Geschichte erzählt.«
»Mh-ja.«

Unterdessen war Bonacci im Begriff, sich mit einer gewissen Leichtigkeit von den übrigen Bankhebern abzusetzen. Trotz seiner Kurzbeinigkeit arbeitete er sich allmählich einen Vorsprung heraus – oder wahrscheinlich gerade dank ihr, denn da er kaum größer war als ein Hydrant, konnte er den Gesamtschwerpunkt der Troll-Bank-Kombination näher am Boden halten, sodass er geringeren Schwankungen ausgesetzt war und sich weniger anstrengen musste.

»Und seitdem feiern sie hier jedes Jahr dieses Fest?«

Piergiorgio riss sich zusammen und sprach weiter mit Margherita, obwohl er immer wieder zu Bonacci sah.

»Nein, jahrzehntelang blieb das Ganze ein Einzelereignis. Dann, zur Zeit des Faschismus, wurde ein Pfarrer ins Dorf geschickt, der ein glühender Anhänger Mussolinis war und häufig in seinen Predigten die Regierung und besonders Benito selbst in höchsten Tönen lobte. Dazu muss man wissen, dass die Hälfte der Dorfbewohner Anarchisten sind. Und so kam es, dass nach der x-ten Lobeshymne darüber, wie stark der Duce doch sei, einige Gläubige zum Priester gingen und ihm einen Streich spielten. Es gebe da im Dorf einen traditionellen Kirchenfeiertag, sagten sie, der auf jene Begebenheit zurückgehe und so weiter und so fort. Und so wurde für den Namenstag des Sant'Antonio Abate die Festa della Panca organisiert. Bei dieser ersten Ausgabe aus den Dreißigerjahren ging es noch nicht um einen Wettlauf, sondern da hat einfach ein knappes Dutzend dieser glatt rasierten Gorillas einen Umzug gemacht. Die Bänke haben sie allerdings schon damals getragen, eine pro Mann, bis zu dem Platz vor dem Haus des Marchese. Dort haben sie sie dann abgestellt, und der Älteste in der Runde hat sich zum Priester umgedreht und gesagt: ›So, dann hol mal Mussolini, damit er dir die Bänke wieder reinträgt. Mal schauen, wie stark er wirklich ist. Jedenfalls geht von uns keiner in die Kirche, solange unsere Bänke hier rumstehen, wir können uns ja nirgends hinsetzen.‹«

Margherita kicherte. In der Zwischenzeit hatte sich Bonacci deutlich von den Verfolgern abgesetzt und steuerte auf den Sieg zu.

»Eine wahre Probe der Kirchentreue. Ich kann mir gut vorstellen, wie dich die Alte mit ihren Geschichten zugetextet hat.«

»Ach, weißt du, sie hat sich als viel netter herausgestellt, als es zunächst aussah. Außerdem weiß sie über alles Mögliche Bescheid.«

»Ja, davon habe ich auch gehört. Anscheinend war sie viele Jahre lang die Dorflehrerin. Sie macht einen ziemlich energischen Eindruck.«

Diesmal musste Piergiorgio lachen.

»Energisch ist ein zu schwacher Ausdruck. Stell dir vor, neulich ist sie mit einem Laptop nach Hause gekommen. Ein MacBook Air, eines von diesen ganz dünnen. Och, hat sie gesagt, man möchte doch ein bisschen von der Welt sehen. Ich habe ihr den Internetzugang eingerichtet, ihr E-Mail-Postfach, so weit, so gut. Und dann habe ich ihr YouTube gezeigt. Da ist sie in eine Begeisterung verfallen wie ein kleines Mädchen. Jetzt geht es richtig rund. ›Sagen Sie, Piergiorgio, wie findet man heraus, ob sich dieses Buch herunterladen lässt? Sagen Sie, Piergiorgio, schauen Sie mal für mich nach, ob es die Brandenburgischen Konzerte auch in einer Aufnahme von Göbel gibt? Sagen Sie, Piergiorgio ...‹«

»Jetzt jammer doch nicht so rum, Mensch. Wenigstens hast du eine normale Vermieterin. Weißt du, was mir die Conticini neulich gesagt hat? ›Signorina, passen Sie auf. Wenn Sie sich weiter so die Haare versauen, haben Sie mit sechsundzwanzig immer noch keinen Mann.‹ Und dann wollte sie mich noch zum Rosenkranz in die Kirche schleifen.«

»Zum Rosenkranz? Gibt es das überhaupt noch?«

»Da bist du wohl ein bisschen zu naiv. Bei denen hier ist das eine Art Mannschaftssport. Die Conticini, die Frau des Bürgermeisters, sein Hausmädchen ...« Während sie sprach, wies Margherita mit dem Kinn auf die Betreffenden, die stolz die Anstrengungen der Bankheber verfolgten.

Die Frau des Bürgermeisters war leicht zu identifizieren, da sie ein Kleid trug, das man in Ascot für einen Tick zu prunkvoll befunden hätte. Schwieriger war ihr Hausmädchen auszumachen, die bereits erwähnte Emma Caproni, eine junge Frau, die hübsch gewesen wäre, hätte sie nicht dreingesehen wie ein begossener Pudel. Sie wohnte dem seltsamen pseudoreligiösen Umzug mit der verhuschten Haltung eines Menschen bei, der sich in der Öffentlichkeit nicht den kleinsten Fehler erlauben darf. Unmöglich zu entdecken war Signorina Conticini, die knapp einen Meter vierzig maß und keine Chance hatte, aus der Menge herauszustechen, es sei denn, sie hätte sich so einen Blumentopf auf den Kopf gesetzt wie die Frau des Bürgermeisters. Das allerdings hätte bei ihr doch sehr überrascht.

»... und Signora Calderoni Palla«, schloss Margherita und deutete mit einem Kopfnicken auf die Inhaberin des Zeitungskiosks, eine freundliche ältere Dame, die Piergiorgio, sooft er eine Zeitung kaufen ging, bei der Lektüre von Comics ertappte. »Das sind die Stammspielerinnen. Die eine oder andere Reservistin kommt auch zum Einsatz, aber ohne die hier Genannten findet die Novene nicht statt. Im Übrigen sind sie recht wählerisch. Für Signorina Conticini zum Beispiel muss es Joghurt sein. Nutella bekommt ihr nicht.«

Piergiorgio nickte, den Blick ans Ende des Platzes gerichtet, wo die beiden offiziellen Hirten von Montesodi Marittimo auf den Zieleinlauf warteten, um die Bänke nach Reihenfolge ihrer Ankunft segnen und dem Herrn dafür danken zu können, dass sich auch in diesem Jahr keiner der Bankheber verletzt hatte. Und das, obwohl sie doch alles dafür getan hatten, sich einen Bandscheibenvorfall einzuhandeln.

Etwas wackelig auf den Beinen, wartete Don Benvenuto Baldassarri trotz seines Alters im Stehen auf den Moment, in dem er die Bänke mit Weihwasser besprenkeln würde, um anschließend in die Kirche zurückzugehen und die Messe zu feiern. Danach würde er sich endlich eines der Zweieinhalb-Stunden-Nickerchen genehmigen können, die jenseits der achtzig einen der höchsten Genüsse im Leben darstellten. Neben ihm, großgewachsen, feierlich und mit der geringschätzigen Aura eines Prinzen, der einem Rülpswettbewerb beiwohnen muss, stand sein Vikar, Pater Kenenisa Bekile, aus Äthiopien via Rom entsandt, um Don Benvenuto bei der Betreuung der Herde zu unterstützen. Voraussichtlich würde er ihn beerben, wenn der greise Seelsorger ins Haus des Vaters zurückkehrte.

»Ja, er sieht schon gut aus«, sagte Margherita leise.

»Wen meinst du?«

»Pater Nutella«, erklärte Margherita, immer noch gedämpft. »Vor allem sticht er heraus, das musst du zugeben. Schau dich doch mal um. Wenn man sich die Bankheber und das Publikum ansieht, fühlt man sich ja wie auf einer Traktorenmesse.«

»Pff, gut aussehen mag er ja. Auf jeden Fall ist er ein Unsympath.«

»Bloß weil er schneller läuft als du?«

Das ließ sich allerdings kaum bestreiten.

Bei seinem ersten morgendlichen Training in Montesodi Marittimo war Piergiorgio in Hightech-Klamotten der neuesten Generation aus dem Haus gegangen und hatte nach ein paar Stretching-Übungen den Weg eingeschlagen, der rund ums Dorf führte, in einem mehr als achtbaren Tempo von 4:30 Minuten pro Kilometer.

Als er nach circa zwanzig Minuten zum x-ten Mal auf den Pulsmesser sah, spürte er die Anwesenheit einer zweiten Person hinter sich und drehte sich ruckartig um.

Aus einem Abstand von etwa zehn Metern näherte sich eine ganz in Schwarz gekleidete Gestalt. Schwarze Leggings, schwarzer Anorak, schwarze Handschuhe, schwarze Mütze. Nur das Gesicht war schokoladenfarben. Und die Füße in den neon-orangen Schuhen streichelten den Asphalt ohne den geringsten Laut. Piergiorgio sah, dass sie mit jedem Schritt fast bis zum Gesäß des Läufers emporschnellten.

Eines Läufers, der Piergiorgio zunickte, als er zu ihm

aufschloss, der übliche Gruß unter Sportsfreunden bei der morgendlichen Qual, und dann weiter seines Weges flog.

Nach ein paar Metern versuchte Piergiorgio, das Tempo des anderen zu übernehmen, aus reiner Neugier, wie schnell das eigentlich war. Nach knapp dreißig Sekunden war er bei einer Zeit von 3:30 Minuten pro Kilometer angelangt, ohne dadurch den Abstand halten zu können, der ihn von diesem Wahnsinnigen trennte. Da holte er erst einmal tief Luft und lief dann wieder in seinem eigenen Rhythmus weiter.

Die Feststellung, dass in diesem verlassenen Nest jemand so viel schneller lief als er, ging ihm ein klein wenig gegen den Strich.

Später zu erfahren, dass der Bursche Priester war, machte die Sache noch um einiges schlimmer – unerklärlich, und zugleich äußerst verständlich.

»Auch. Auch weil er schneller läuft als ich, aber nicht nur. Komm schon, ein bisschen unsympathisch ist er wirklich. Schau ihn dir doch an. Meinst du, der würde auch nur einmal lächeln? Und bei einem Anlass wie dem hier hätte man ja schon ein paar Gründe, oder?«

Da hatte Piergiorgio nicht ganz unrecht. Wo die beiden Priester standen, war inzwischen Bonacci eingetroffen, mit einem Vorsprung von einigen Dutzend Metern, das Gesicht dunkelviolett verfärbt, die Arme zitternd, der Schädel mit Schweißperlen übersät.

Hinter der Ziellinie hatte Bonacci mit Könnergeste seine Bank fallen lassen, die in korrekter Position auf dem Boden aufgeschlagen war. Nachdem er kurz Luft geholt und sich rasch umgesehen hatte, um sicherzugehen, dass er über alle Zeit der Welt verfügte, nahm Bonacci mit immer noch zitternden Armen den Gurt ab, reckte ihn gen Himmel und pries lauthals den Allerwertesten des Herrn Marchese, wobei er das »e« am Ende von »Marcheseeeee« zu einer Art Jubelschrei dehnte, während die übrigen Dorfbewohner in tosenden Beifall ausbrachen.

»Er hat seine eigenen Gründe«, sagte Margherita. »Ich habe dieser Tage immer mal wieder mit ihm geredet. Der ist hier einfach nicht ganz in seinem Element. Bis vor Kurzem hat er in Rom gelebt. Er hat zwei Universitätsabschlüsse, einen in Philosophie und einen in Theologie. Und dann schicken sie ihn hierher zum Hühnerzählen. Da würde ich dich gern mal sehen, von allem abgeschnitten hier in der Pampa.«

»Da brauchen Sie vielleicht gar nicht so lange zu warten«, sagte hinter ihnen eine bekannte Stimme. Als sie sich umdrehten, sahen sie den Herrn Bürgermeister, der mit grüblerischer Miene den Himmel beobachtete.

»Wie meinen Sie das?«, fragte Piergiorgio, während auch Margherita den Blick zum Himmel richtete, nicht ohne sich vorher leicht wegzudrehen.

»Hier sieht's schon wieder nach Schnee aus«, erklärte der Bürgermeister, noch immer nach oben schauend. »Und das sage nicht nur ich, sondern auch der Wetterbericht. Wenn das alles runterkommt, schätze ich, dass sich hier in den nächsten Tagen niemand von der Stelle rührt. Na schön«, sagte er in verändertem Ton und offenbar gleichgültig gegenüber dem Umstand, dass die Philologin ins Fettnäpfchen getreten war, »der Sieger ist mal wieder Bonacci. Jetzt kommt die Messe, und dann geht's ans Feiern. Sie sind heute Mittag wieder meine Gäste, ja?«

»Dann haben Sie und Signora Zerbi Palla also Frieden geschlossen?«

Mit vollem Mund nickte Piergiorgio, mehr aus Höflichkeit als aus Begeisterung. Dann legte er die Gabel vorsichtig auf den Teller – echtes Wedgwood-Porzellan, nicht irgendwelcher Plunder – und schluckte erst mal, bevor er antwortete.

»Ja, ja. Im Grunde ist sie doch eine tüchtige Frau. Sie hat mir erzählt, dass sie die Dorflehrerin war.«

»Das stimmt, ja. Fast dreißig Jahre lang. Und sie hat gute Arbeit geleistet, da kann man nichts sagen. Im Unterrichtsraum wie außerhalb. Wir haben Leute, die hier geboren sind, Bauernkinder, die an der Universität studiert haben. Und das alles dank Signora Zerbi Palla. Im Umgang ist sie manchmal ziemlich kratzbürstig, das schon. Aber sie ist eine tolle Frau. Eine, die sagt, was sie denkt. Und man muss sagen, dass ihre familiäre Situation sicher auch nicht geholfen hat. Noch etwas Reh?«

»Nein danke. Wirklich nicht«, sagte Piergiorgio aufrichtig.

Es war die Art von Essen, die er am meisten hasste. Die Tafel war, soweit er das beurteilen konnte, ganz tadellos gerichtet – außerordentlich edle Speisen, zweierlei Gläser und Besteck, das Tischtuch unmittelbar vor dem Auf-

legen gebügelt. Der Triumph der vollkommenen Gastgeberin. Schade nur, dass diese Voraussetzungen, die
einer diplomatischen Vertretung würdig gewesen wären,
durch das kulinarische Können eines Feldkochs konterkariert wurden. Risotto mit Wurst und Reh mit Kraut
und Polenta; Gerichte also, die, wenn sie auch nur für
eine Sekunde zu lange auf dem Herd bleiben (was hier
leider der Fall war), wie ein Mühlstein auf den Boden des
Magens sinken und sich nur noch unter Einsatz roher
Grappagewalt von dort entfernen lassen.

»Also, wie gesagt, von der Persönlichkeit her ist sie
manchmal etwas stachelig«, sprach der Bürgermeister
weiter und schenkte sich den ersten einer vermutlich
langen Reihe von Verdauungsschnäpsen ein. »Nur der
arme Alberto konnte sie im Zaum halten. Im guten Sinn,
verstehen Sie mich bitte richtig. Er liebte seine Frau
abgöttisch. Er hat sie auf Händen getragen.«

»Außer wenn er seine Hände gerade sonstwo im Einsatz hatte«, warf Stelio ein, der in seiner Eigenschaft als
Stadtrat ebenfalls unter den Gästen saß. »Das war dann
nicht immer in ihrem Sinne.«

Allgemeines Gelächter, zu Piergiorgios Überraschung.
»Das heißt, der arme Alberto ...«

»Der arme Alberto liebte seine Frau heiß und innig«,
sagte der Bürgermeister, die Hand vorgestreckt, als wollte
er jeglichen Zweifel an seinen Worten verscheuchen.
»Aber er war halt auch ein Mann, was soll man machen.«

Und damit drehte er die Handfläche zum Himmel.
Nachdem er einen Schluck Grappa genommen hatte,
fuhr der Bürgermeister fort:

»Sagen wir's so, er war Seitensprüngen nicht abgeneigt. Und da hat er eben so manche Nacht außer Haus verbracht. Aber er liebte seine Frau sehr. Und sie ihn. Es waren halt andere Zeiten. Alberto war ein Mann vom alten Schlag und hatte seine eigenen Vorstellungen.«

Piergiorgio nickte, alles andere als überzeugt. Margherita hingegen hatte schon vor einigen Minuten einen taktischen Rückzug aus dem Gespräch vollzogen, wahrscheinlich, um nicht noch Öl ins Feuer zu gießen. Seitdem war sie damit beschäftigt, Kurznachrichten zu versenden und zu empfangen, ohne dass irgendjemand Notiz von ihr genommen hätte. Andere Zeiten, in der Tat.

Während Emma den Tisch abräumte, kam die Frau Bürgermeister ans Tischende, die Hände übereinandergelegt.

»Möchte jemand einen Espresso?«, fragte sie mit einem Lächeln.

Espresso, ja. Der war jetzt genau richtig.

»Eigentlich haben die Probleme für Signora Zerbi erst mit ihrem Sohn angefangen. Giulio, ich glaube, Sie haben ihn kennengelernt. Sie befassen sich ja mit Genetik, also das sollten Sie mir mal untersuchen: Wie kann es sein, dass ein Sohn vom Vater und von der Mutter nur die schlechten Eigenschaften erbt. Das Bürschchen hat das jedenfalls wunderbar hingekriegt. Eigensinnig wie die Mama und oberschlau wie der Papa.«

»Aber Wildschweine schießt er mehr als du«, lachte Buccianti, seines Zeichens Stecklingshändler und eben-

falls Stadtrat, den man im Dorf wegen seiner wohlbe-
kannten Knauserigkeit den Armutsbeauftragten nannte.

»Na so ein Scheißzufall«, versetzte der Bürgermeister
elegant. »Bei dem Landgut ist das ja wohl kein Wunder.
Da könnte auch Stevie Wonder Wildschweine schießen.«

Dann drehte er sich zu Piergiorgio um, dem er eine
Erklärung schuldig zu sein glaubte.

»In jungen Jahren, als wir zusammen auf die Jagd gingen – sein Vater war damals noch dabei –, da brauchten
wir auf dem Rückweg die Ape mit der großen Ladeflä-
che.« Ein Anflug von Nostalgie tränkte die Worte des
Bürgermeisters mit einer süßlichen Note. »Voll bis oben-
hin mit Wildschweinen und Damhirschen. Das Gut ist
ein großartiger Ort, einfach großartig. Wir hatten uns
einen Jägerstand gebaut, nach allen Regeln der Kunst.
Und ja, auch wenn wir mit Alberto auf die Jagd gingen,
kamen wir voll beladen zurück, aber die meisten Treffer
hatte schon meine Wenigkeit.«

»Das waren andere Zeiten«, versetzte Buccianti und
goss sich großzügig von dem Rachenputzer ein.

»Allerdings«, gab der Bürgermeister zu, während
Emma das Tablett mit den Espressotassen auf den Tisch
stellte. »Aber es ist nicht so, dass in dem Revier weniger
Wild herumlaufen würde. Ganz im Gegenteil. Es gibt da
einen Hirsch zu viel.« Pause. Der Bürgermeister nippte
vorsichtig an seinem Espresso und stürzte ihn dann mit
einem Schluck herunter. Gleich darauf fuhr er fort, mit
einer großzügigen Dosis Bitter im Glas und einer noch
großzügigeren in seinen Worten. »Da ist der junge Herr,
der die Zufahrtswege absperrt und keinen mehr auf sei-

nem Gut jagen lässt. Stattdessen geht er allein auf die Jagd. Wenn sein Vater so etwas sehen müsste, er würde auf den Jägerstand klettern und ihm eine Ladung Schrot verpassen.«

»Ich habe gesehen, dass jetzt ein neues Revier aufmachen soll«, sagte Piergiorgio in einem Versuch, sich in das Jagdthema einzuklinken, wenn auch auf dem Kenntnisstand des völlig Ahnungslosen. Aber über auch nur einen Hauch kultiviertere Fragen ließ sich hier offensichtlich nicht reden, und Margherita saß noch immer in ihrem Winkel und war voll und ganz damit beschäftigt, ihrem Handy eine Shiatsu-Massage zu verabreichen. »Drüben am Bach, wo die Straße ...«

»Ach, Sie meinen den Bauernhof von Rolando Giaconi«, sagte der Bürgermeister herablassend. »Das ist was für Touristen. Jagd-Agritourismus nennen sie das. Gerade heraus bedeutet es, dass die Leute auf Zuchttiere schießen, die leben da nicht wie in der freien Natur. Wenn Sie da losziehen, versteckt sich ein Mitarbeiter des Hauses im Wald, und wenn Sie Ihr Handy mal ausnahmsweise in die Tasche stecken, wirft er Ihnen den Fasan hin oder die Wachtel, und Sie dürfen schießen. Zuchtfasane mit herrlichen Federn, damit es gut aussieht, wenn Sie sich damit fotografieren lassen. Für einen kleinen Aufpreis rupfen sie Ihnen den Vogel auch noch, dann können Sie ihn vielleicht sogar essen. Also, mit Jagen hat das nichts zu tun, das ist das reinste Scheibenschießen, nur halt mit echten Tieren. Ein Affentheater. Wie sieht es draußen aus, Emo?«

Buccianti, der ein Smartphone der letzten Generation

aus der Tasche gezogen hatte, schüttelte besorgt den Kopf.

»Hier heißt es: Schnee für die nächsten vierundzwanzig Stunden.«

»Natürlich. Na dann.« Der Bürgermeister erhob sich leicht missgelaunt. »Verehrte Gäste, es tut mir leid, aber der Stadtrat trifft sich jetzt zu einer außerordentlichen Sitzung. Wenn das hier so weitergeht – entschuldigen Sie die klare Sprache –, dann sitzen wir in der Scheiße.«

Nur mal so zur Veranschaulichung

Millionen und Abermillionen: die Zahl der Schneeflocken, die im Laufe des Abends und in der darauffolgenden Nacht innerhalb der Ortsgrenzen von Montesodi Marittimo fielen. Keine glich der anderen, und alle waren sie gleichermaßen begeistert, ihre Individualität aufzugeben und sich stattdessen zu einer einzigen, unausweichlichen, kompakten weißen Decke zu vereinen.

Da eine solche Zahl jedoch in einer Zeit wie der unseren, die es bis aufs Boson genau nimmt, als unwissenschaftlich abgetan werden könnte, mag es helfen, die Folgen des Wettereinbruchs mittels einiger anderer Zahlen anschaulich zu machen.

112: die durchschnittliche Dicke der Schneeschicht, gemessen in Zentimetern, am Sonntagabend um zehn Uhr. Als Extremwerte sind die knapp zwei Zentimeter im Hof von Castaldi (der sein Grundstück mithilfe einer Schaufel und vor allem eines Flachmanns binnen zwei Stunden vom Schnee befreit hatte) und die dreihundertneun Zentimeter plus ein paar Zerquetschte zu nennen, die Visibelli Palla mit dem familieneigenen Räumfahrzeug vor der Kirche aufschüttete, unter dem Vorwand, dass dies der einzige Ort sei, wo ein Schneehaufen nicht stören würde. Als wäre nicht sattsam bekannt, dass dieser ungläubige Kerl von institutionalisierter Religion ungefähr genauso viel hält wie weiland Josef Stalin.

3: die Zahl der Tage, an denen das Dorf völlig von der Außenwelt abgeschnitten war, aufgrund der Unbefahrbarkeit der einzigen Straße, die in den Ortskern führt; dazu kommen noch die beiden Tage, an denen das Dorf zweigeteilt blieb, der obere Teil durch eine fröhliche Menge weißer Haufen vom unteren abgetrennt.

2360: im Laufe der Nacht heruntergebetete Rosenkranzelemente, mit denen Unser Herr angerufen wurde, den Ort doch bald aus der Umklammerung des Schnees zu befreien; teils oder auch ganz konterkariert wurden diese Gebete durch die neunhundertneunundsiebzig Flüche, die diejenigen, die in der Zwischenzeit selbst anpackten, um das Dorf von der eisigen Decke zu befreien, an dieselbe Adresse richteten.

696: die im Zuge des Temperatursturzes erfrorenen Olivenbäume.

Über diesen Verlust hinaus waren noch weitere relevante Einbußen zu verzeichnen, die sich auf den Schneefall zurückführen ließen, als da sind:

– Verlust der Hausschlüssel durch die Frau des Bürgermeisters, der im Zuge der Feierlichkeiten am Sonntagmorgen ihr Schlüsselbund aus der Handtasche gerutscht und auf einen Kiesweg vor dem Palazzo Filopanti Palla gefallen war, um dort unweigerlich unter der weißen Decke zu verschwinden;

– Verlust des digitalen Erdsignals auf sämtlichen Fernsehanschlüssen im Dorf, darunter auch in Stellones Bar, und das ausgerechnet an dem Abend, an dem die Fiorentina ihr Heimspiel gegen die Juve austrug; weitere Folge: die Bar schloss früher als gewohnt;

– Verlust von neunundsiebzig Euro, die im Verlauf einer Pokerpartie aus Stelios Tasche in jene von Buccianti wanderten, eine Folge der Tatsache, dass die Beteiligten den Abend beim Herrn Bürgermeister verbrachten, da ihnen der Zugang zu ihren eigenen Häusern durch höhere Gewalt versperrt blieb;

– Verlust der Jungfräulichkeit von Gregoretti Susanna, wohnhaft in der angrenzenden Gemeinde Campagnaia, der es nicht möglich gewesen war, nach Teilnahme an der Festa della Panca mit ihrem Freund Nicola Maneschi Palla in ihr Dorf zurückzukehren, worauf sie bei den Maneschis übernachtet hatte. Nachts fand sich ihr Freund im Gästezimmer ein, um sie zu trösten, und dann führt eben eines zum anderen, man kennt das ja.

Diese Zahlen werden kein abschließendes Bild der Sachlage vermitteln können, aber sie mögen immerhin erklären, dass am Morgen nach dem Schneetreiben so mancher im Dorf in einem Gemütszustand erwachte, der sich vom üblichen massiv unterschied, und das aus gutem Grund.

Montagmorgen

Als Piergiorgio die Augen aufschlug, war er schon eine ganze Weile lang wach.

Zu Piergiorgios Lieblingsbeschäftigungen zählte es, schon vor der Weckzeit aufzuwachen, in einem Dämmerzustand unter den Laken zu verweilen und entweder an den Tag zu denken, der ihn erwartete (sofern sich gute Aussichten damit verbanden), oder an den vorangegangenen Abend; erwiesen sich beide Perspektiven als gleichermaßen schauderhaft, so rekelte er sich im Bett und dachte an gar nichts, ein Kunststück, das ihm nur in jenen seltenen Augenblicken gelang, wenn er dem Wecker ein Schnippchen schlug. Und genau so machte er es auch dieses Mal.

Der Vorabend war eine ziemliche Qual gewesen. Gegen fünf Uhr nachmittags war er im Schneetreiben nach Hause gegangen, vor sich eine Lektüreeinheit bei heißem Tee, um der Verdauung des Mittagessens auf die Sprünge zu helfen. Gelegentlich würde er aus dem Augenwinkel einen Blick nach draußen werfen, wo weiter der Schnee fiel. Leider erwies sich die Küche der Frau Bürgermeister (oder die von Emma, Piergiorgio wusste es nicht) als entschieden digestionsfeindlich, und im Verlauf des Nachmittags attackierte eine Allianz aus Wurst (aus dem

Risotto) und Sauerkraut Piergiorgios Verdauungsapparat und führte einen wahren Blitzkrieg gegen den Darm unseres Freundes – erst verschreckte sie ihn durch einen dichten Hagel von Bomben und Granaten, dann bereitete sie ihm mit pausenlosem Sperrfeuer den Garaus.

Das Einzige, was danach noch von Piergiorgios Plänen übrig blieb, war der heiße Tee, auf den sich am Ende auch sein Abendessen beschränkte.

Auch der bevorstehende Morgen bot ihm keine sehr bezaubernden Aussichten, allein schon weil es sich um einen Montag handelte, einen Wochentag, der in Piergiorgios Biorhythmus keine sehr ruhmreiche Rolle spielte. Vor allem aber hatte er an diesem Morgen acht Termine zur Blutentnahme vor sich, darunter zwei bei Kindern, das eine im Alter von fünf, das andere von sieben Jahren. In solchen Fällen begann Piergiorgio immer mit irgendeiner kleinen Geschichte. Wenn das fehlschlug, versuchte er es mit Seifenblasen. Wenn das Gör auch dann noch brüllte, kam der Augenblick für zwischen den Zähnen hervorgestoßene Drohungen – wenn du dich jetzt bewegst, bricht uns die Nadel im Arm ab, und dann hilft dir beim Wichsen höchstens der Herr Pfarrer –, das alles natürlich erst, nachdem er die Mutter mit ein paar freundlichen Worten hinauskomplimentiert hatte. Diese Methode war schier unfehlbar, ob es nun an dem Teil lag, den das unschuldige Geschöpf verstand, oder an dem Halbsatz, dessen Sinn sich ihm nicht unmittelbar erschloss. Wie auch immer, jede Entnahme bei Kindern war anstrengend.

Weshalb Piergiorgio unter den Laken verweilte, um einfach noch ein wenig deren angenehme Rauheit und Wärme zu genießen, bevor er dann aufstand und sich zum Frühstück ins Wohnzimmer begab. Üblicherweise bestand es aus Kaffee und irgendwelchem No-Name-Industriegebäck, das eigens für den Gast angeschafft wurde und ihn erst recht melancholisch stimmte. An diesem Morgen also nur Kaffee. Der wenigstens war ganz wunderbar.

Als er die Treppe hinunterging, bemerkte Piergiorgio überrascht, dass der Fernseher lief. Das war seltsam: Signora Zerbi schaltete das Gerät erst nach dem Abendessen ein, glücklicherweise mochte sie Krimis. Morgens dagegen nie.

Die zweite Seltsamkeit bestand darin, dass Signora Zerbi im Sessel saß, die durchscheinende Hand auf der Armlehne, die Beine ausgestreckt auf dem Puff vor sich. Normalerweise empfing sie Piergiorgio in der Küche, die Zeitung ausgebreitet auf dem Tisch, begrüßte ihn mit einem Lächeln und ging dann ohne ein Wort zur Espressomaschine – sie hatte von Anfang an begriffen, dass ihr Gast vor dem ersten Kaffee zu keiner zusammenhängenden Äußerung in der Lage war.

Die dritte Seltsamkeit war, dass Signora Zerbis Mund offen hing.

Und das war bei einer Dame wie ihr nun wirklich unerklärlich.

Oder besser gesagt, es ließ sich nur auf eine Weise erklären.

Auf eine Weise, die ausgezeichnet zu den übrigen Merkmalen passte, etwa der übermäßigen Blässe und der vollkommenen Entspanntheit des Gesichts.

Piergiorgio verlangsamte seine Schritte. Als er neben dem Sessel stand, beugte er sich vor.

Langsam hielt er Signora Zerbi den Handspiegel mit dem Silberrahmen unter die Nase, der vor ihr auf dem Tischchen gelegen hatte.

Nichts.

Aus reiner Gewohnheit berührte er mit zwei Fingern die Seite der Luftröhre, auf der die Halsschlagader hätte pulsieren müssen.

Nichts.

Während er auch noch ein Augenlid anhob, um völlig sicherzugehen, klingelte das Telefon.

Nun war es wohl an Piergiorgio, abzunehmen. In der Hoffnung, dass es nicht der Sohn wäre, griff er zum Hörer.

»Ja, bitte?«

»Guten Tag. Könnte ich bitte Signora Zerbi Palla sprechen?«

Piergiorgio sah sich um.

»Ja, also ... Signora Zerbi kann gerade nicht an den Apparat ...«

»Verstehe. Würden Sie mir einen Gefallen tun?«

»Gewiss.«

»Richten Sie Signora Zerbi bitte aus, dass Pezzanera angerufen hat und dass ich aufgrund des Schnees nicht nach Montesodi kommen kann. Wir müssen unseren Termin für heute verschieben. Wenn es irgendwelche

Schwierigkeiten geben sollte, möge sie mich bitte zurückrufen. Haben Sie alles verstanden?«

»Na sicher. Kein Problem.«

Nachdem er aufgelegt hatte, sah Piergiorgio sich ein weiteres Mal um.

Allein, er war allein. Signora Zerbi verbrachte die Wochenenden ganz allein in der leeren Wohnung, und Emma kam erst gegen neun Uhr zum Putzen. Jetzt war es Viertel nach sieben. Er würde sich selbst um das Nötige kümmern müssen.

Langsam nahm er das Telefon noch einmal in die Hand.

Wen verständigt man in so einem Fall?

Als Erstes die Angehörigen.

Kenne ich den Namen des Sohns? Nein.

Als Zweites die Polizei.

Piergiorgio drückte ohne Sinn und Überzeugung mehrere Tasten.

Nach dem, was er da gesehen hatte, war Piergiorgio jedenfalls überhaupt nicht danach, noch länger allein zu bleiben.

Das Haus des Bürgermeisters befand sich glücklicherweise am selben Platz, an dem auch die Casa Zerbi stand.

Piergiorgio verließ das Haus und trat auf die Piazza. Ringsum Schneeberge, dazu zwei Menschen, die vor dem Eingang zur Kirche einen ungeheuren Haufen Eis abtrugen, während Visibelli am Steuer eines Kleintraktors über den Platz fuhr und große Schneeberge weg-schaufelte oder platt walzte.

Vorsichtig stieg Piergiorgio über die spiegelglatten Reifenspuren und klingelte beim Bürgermeister, wozu er nicht ohne Mühe einen blütenweißen Hügel erklimmen musste. Nach einem kurzen Moment sah der Bürgermeister aus dem Fenster.

»Guten Tag. Haben Sie gesehen, wie es hier zugeht?«

»Ja, das sehe ich.«

»Na, dann kommen Sie mal rein. Bitte, hier entlang. Wir sind abgeschnitten, mein Bester, völlig abgeschnitten. Seit gestern Abend um sechs kommt man weder aus dem Dorf raus noch wieder rein. Die Räumarbeiten laufen gerade erst wieder an, aber wir waren gestern bis um elf hier auf der Piazza beschäftigt. Danach ist der Strom ausgefallen, wir mussten warten, bis es wieder hell wird«, erklärte der Bürgermeister, während Piergiorgio über die Fensterbank stieg. »Na, ein Paar Hände mehr wird uns nicht schaden. Mit den Blutproben wird das heute wohl eh nichts. Möchten Sie einen Kaffee?«

»Ja, gerne. Heute früh hatte ich aus allen möglichen Gründen keine Gelegenheit dazu.«

Sie gingen in die Küche. Wo wie überall im Haus, übrigens in schreiendem Kontrast zum äußeren Erscheinungsbild des Dorfes, eine tadellose Ordnung herrschte. Während Piergiorgio den passenden Moment und die richtige Art suchte, um zu sagen, was er zu sagen hatte, fing Benvenuti an, Schranktüren zu öffnen.

»Jetzt muss ich ihn nur finden, den Kaffee. Das ist hier das Reich meiner Frau, ich setze sonst keinen Fuß in die

Küche. Sie meint, ich würde nur Durcheinander anrichten. Aber da sie gerade nicht hier ist, muss ich den Tempel wohl entweihen.«

»Sie ist nicht zu Hause?«

Benvenuti schüttelte den Kopf.

»Aber das macht nichts. Gestern, nach der Versammlung im Stadtrat, sind wir in die Kneipe gegangen, um alle anzurufen und über das weitere Vorgehen zu entscheiden. Und da hat sich herausgestellt, dass der untere Teil des Dorfes vom oberen abgeschnitten ist. Gegen acht hat nämlich jemand versucht, zu uns raufzukommen, und das ging nicht. Inzwischen waren die Frauen zum Rosenkranz in die Kirche gegangen. Sie wollten die Mutter Gottes bitten, dass sie uns aus diesem Schlamassel befreit. Na, sollen sie ruhig, ich kümmere mich um meinen Kram. Jedenfalls, während wir am Debattieren sind, rückt Visibelli mit seinem Traktor an und fängt an, den Weg zu den Häusern freizuräumen. Bloß dass diesem Schlaumeier nichts Besseres einfällt, als den Schnee direkt vor die Kirche zu schippen. Wie soll da auch jemand drin sein um zehn Uhr abends. Ah, da haben wir ihn ja.«

Der Bürgermeister nahm eine bunt lackierte Metalldose aus dem Schrank und ging hinüber zur Espressomaschine.

»Zwei Stunden später ruft Viola an, sie kämen nicht aus der Kirche raus, die Türen seien alle zu. Und in der Zwischenzeit fällt der Strom aus, und der Schnee bildet vor dem Eingang praktisch einen Eisblock. Kurzum, wir warten immer noch darauf, dass jemand die Ärmsten dort rausholt. Führt Sie eigentlich irgendetwas Bestimmtes zu mir?«

»Ja, leider. Setzen Sie sich mal besser hin.«

Die Espressotasse unberührt vor sich, schüttelte der Bürgermeister den Kopf.

»Das hatte uns noch gefehlt. Die arme Annamaria. Na gut, tun wir unsere Pflicht. Ich mache ein paar Anrufe, und dann gehen wir.«

Zum Glück kam der Bürgermeister von selbst darauf, auch dem Maresciallo der Carabinieri Bescheid zu geben – Maresciallo Zandonai war zufällig einer der beiden Räumarbeiter auf der Piazza. Signora Zerbis Sohn Giulio konnten sie nicht erreichen: Am Mobiltelefon ging er nicht ran, und sein Haus lag außerhalb des ihnen zugänglichen Ortsteils. Schließlich fanden sich Piergiorgio, der Bürgermeister, der Maresciallo und der Dorfarzt in Signora Zerbi Pallas Wohnzimmer ein, nachdem sie sich in der Küche den Schnee abgestreift hatten, reflexartig und wie auf Kommando. Dr. Biagini prüfte sanft den Puls und sah dann Piergiorgio aus seinen ernsten Augen an, die ihm zusammen mit den schlaffen Wangen etwas von einem höflichen Hund gaben, einem dicken, wohlerzogenen Dackel.

»Signora Zerbi Palla war schon seit längerer Zeit krank. Sie hatte ein schweres Herzleiden, vor allem aufgrund einer Mitralklappeninsuffizienz. Ihre körperliche Konstitution war so, dass sie eine Operation nicht durchgestanden hätte. In ihrem Alter ...« Der Arzt richtete sich auf. »Tja, wir alle würden wohl einiges dafür geben, so gehen zu dürfen.«

Dann setzte er sich an den Tisch, um den Totenschein auszufüllen. Während er den Deckel vom Füllfederhalter abschraubte, sagte er: »Also, irgendwie wird man Giulio verständigen müssen.«

Der Arzt machte sich daran, das Leichentuch der Bürokraten so auszubreiten, wie es sich gehörte, und der Bürgermeister und der Maresciallo nickten zustimmend. Da kam Piergiorgios Stimme mit einem seltsamen Unterton.

»Das glaube ich nicht.«

»Wie bitte? Sie glauben nicht, dass man den Sohn benachrichtigen sollte?«

»Pardon, so meinte ich das nicht. Das war noch eine Antwort auf etwas, das Dr. Biagini vorher sagte. Dass ich mir ein ähnliches Ende wünsche wie das der Signora, das würde ich nicht unterschreiben wollen.«

Der Arzt hob den Kopf und warf Piergiorgio einen Blick zu, der mehr in Richtung Bulldogge ging. Mit einem Seufzer wies Piergiorgio auf den Sessel.

»Seien Sie so gut und sehen sich die Sklera an.«

Mit dem Ausdruck eines Spürhunds ging der Arzt zum Sessel und hob Signora Zerbis Lid an. Die anderen drehten sich um und folgten ihm mit ihren Blicken. Er inspizierte einen Moment lang das Auge und wandte sich dann wieder Piergiorgio zu.

Nur ganz kurz, aber diesmal hatte sein Ausdruck etwas von einem Pitbull.

Piergiorgio unternahm einen letzten Versuch, den Befund nicht selbst aussprechen zu müssen.

»Soweit ich weiß, litt Signora Zerbi nicht an zu hohem Blutdruck.«

Ohne ihn aus den Augen zu lassen, schüttelte Dr. Biagini langsam den Kopf.

»Nein, allerdings nicht. Eher im Gegenteil.«

Dem Bürgermeister platzte der Kragen. »Dafür steigt meiner allmählich stärker an, als mir lieb ist. Was soll eigentlich dieses Theater?«

Ohne dem Bürgermeister Beachtung zu schenken, beugte sich der Arzt über das Gesicht der Toten und hob ihre Oberlippe kurz an. Dann tat er dasselbe mit der Unterlippe, nur langsamer.

»Hämatome«, sagte er mit einem Blick zu Piergiorgio. Der nickte. Dr. Biagini wandte sich an den Bürgermeister.

»Das Innere der Sklera weist Petechien auf, kleine Blutungen. Darüber hinaus finden sich Blutergüsse auf der Lippenschleimhaut, ein typisches Symptom, das durch den Druck der Zähne verursacht wird, wenn die Atemwege gewaltsam versperrt werden. Mit einem Wort ...«

Der Arzt musterte Piergiorgio, ohne weiterzusprechen. Das hast du mir eingebrockt, schien er ihm mitteilen zu wollen. Dann atmete er tief durch und schloss:

»... Signora Zerbi Palla wurde erwürgt.«

Die folgenden fünf Minuten zu beschreiben, wäre auch für einen ernsthaften Schriftsteller eine schier übermenschliche Aufgabe; weshalb ich auf das Verständnis der geneigten Leserschaft hoffe, wenn sich der Unterzeichnete mit der Aussage aus der Affäre zieht, dass im

Wohnzimmer der Verstorbenen für einige Minuten dicke Luft herrschte.

Der Bürgermeister blickte einige lange Sekunden aus dem Fenster und sah drein wie einer, der sich immer mit sechs oder sieben Problemen gleichzeitig auseinandersetzen muss. Dann wandte er sich an Maresciallo Zandonai, der bis zu diesem Moment nicht ein Wort gesagt hatte.

»Alvise ...«

Der Maresciallo, ein eher klein gewachsener, glatt rasierter Mann, der das Ganze gelassen zu nehmen schien, maß seinerseits Piergiorgio mit ausdruckloser Miene.

»Wie lange ist Signora Zerbi Ihrer Ansicht nach schon tot?«

Piergiorgio und der Arzt wechselten einen Blick. Ich rede hier nicht als Erster, da kannst du machen, was du willst, knurrten die Augen von Dr. Biagini. Piergiorgio, sei es aus Pflichtgefühl, sei es, um diesen ständigen Blickwechseln ein Ende zu bereiten, griff in den Koffer des Arztes und entnahm ihm ein kleines Ohrthermometer. So behutsam er konnte, führte er es in den Gehörgang der Toten ein und wartete. Das Thermometer kündigte seinen Orakelspruch mit einem begeisterten Piepston an, so fröhlich wie gleichgültig gegenüber den tragischen Umständen, die seinen Einsatz erforderlich gemacht hatten.

»Zweiunddreißig. Wir befinden uns in einem geschlossenen Raum, bei einer Temperatur von etwa zwanzig Grad. Also, grob geschätzt zwischen sechs und zehn Stunden.«

Der Maresciallo sah Biagini an und hob dabei beide Brauen.

»Vollkommen einverstanden.«

Der Maresciallo wandte den Blick ab und seufzte.

»Verstehe. Das heißt, der Todeszeitpunkt liegt zwischen zehn Uhr abends und zwei Uhr nachts.«

Die Stille wurde, soweit das möglich war, noch schwerer. Dann erklangen die Worte des Maresciallo ruhig und entschlossen.

»Na gut. Wir müssen überprüfen, wo sich die Leute am Abend beziehungsweise in der Nacht aufgehalten haben. Wir sollten diskret vorgehen, als ginge es uns darum sicherzustellen, dass alles in Ordnung und niemand durch den Schneefall zu Schaden gekommen ist. Armando, du und ich, wir teilen uns das auf. Rufen wir jeden an, den wir erreichen können. Und dann schauen wir, was sich daraus ergibt.«

Während der Maresciallo sprach, sah Piergiorgio den Gesichtsausdruck des Bürgermeisters, und da wurde ihm alles klar.

Zwischen sechs und zehn Stunden. Von zehn bis zwei Uhr morgens.

Nur dass das Dorf, der Bürgermeister hatte es bereits deutlich gesagt, schon seit sechs Uhr abends von der Außenwelt abgeschnitten war. Und der obere Ortsteil, die Piazza, war seit zwanzig Uhr praktisch nicht mehr zugänglich gewesen.

Daraus ließ sich nur ein einziger Schluss ziehen, und alle übrigen Anwesenden im Raum waren schneller zu diesem Schluss gelangt als Piergiorgio.

Der Mörder befand sich noch im Dorf. Und aller Wahrscheinlichkeit nach war es einer der Dorfbewohner.

Mittwochmorgen

»Ich war sehr überrascht, als ich gestern von Annamaria Zerbis ausdrücklichem Wunsch erfuhr, dass ihre Trauerfeier von mir zelebriert würde.«

Pater Kene, der hinter dem Ambo stand, senkte einen Moment lang den Kopf, vielleicht als Ausdruck der Bescheidenheit, vielleicht um sich zu konzentrieren, wahrscheinlich aber aus beiden Gründen. Nach einem kurzen Augenblick sah er auf und wandte den Blick wieder der Gemeinde zu.

Der Priester war nach den ersten Worten seiner Predigt vom feierlichen Ton des Standardprogramms – Gebet der Gläubigen, Lesung etc. – zur Kür übergegangen. Und dazu wandte er sich nicht mehr an die Rosette hinten in der Kirche, sondern direkt an die Leute, in dem markanten Singsang, der seinem Italienisch eigen war.

»Aber als ich darüber nachdachte, wurde mir bewusst, dass die Verstorbene und ich einiges gemeinsam hatten. Das Wichtigste davon ist, dass wir beide, wie man bei euch sagt, ›Ausheimische‹ waren. Keiner von uns beiden ist hier im Dorf geboren.«

Doch darauf kam es nicht an, jedenfalls wenn man nach der Zahl der Menschen ging, die in die Kirche gekommen waren.

Das gesamte Dorf war angetreten, um sich von der Frau Lehrerin zu verabschieden, und Piergiorgio sah sich um und suchte in den Gesichtern derer, die er kannte, nach irgendeinem Zeichen von Schuldbewusstsein. Stattdessen sah er gefasste, aufrichtige Ergriffenheit.

»Signora Zerbi unterstrich das, indem sie mich in meiner Anwesenheit so nannte, wie viele von euch mich nennen, wenn ich nicht dabei bin. Pater Nutella.«

Ergriffenheit in den Augen von Bonacci, der eine der Bänke in der zweiten Reihe zum Sitzen benutzte (ausnahmsweise mal) und Mühe hatte, die Tränen zurückzuhalten. Ergriffenheit im Gesicht von Stelio und seinen Mitarbeitern aus dem Restaurant (seiner Frau, der Tochter und des Schwiegersohns). Ergriffenheit auch in den Gesichtern der Familie Giaconi, die sich auf ein und derselben Bank drängte, einer Bank, die mit der gleichen soliden Verlässlichkeit den geraden und muskulösen Rücken Rolandos aufnahm, des Familienoberhaupts, den festen und breitschultrigen seiner Frau Maria und den zarten und vom Studium gebeugten seines Sohns Andrea, der zusammen mit Maresciallo Zandonai den recht kümmerlichen Platz belegte, den die Eltern noch freigelassen hatten.

»Weshalb ich der Eigenschaft gedenken möchte, die seit jeher die wichtigste unserer Schwester Annamaria gewesen ist. Ehrlichkeit. Eine Ehrlichkeit, dank derer sie aussprach, was sie dachte. Eine Ehrlichkeit, dank derer sie handelte, wie sie es für richtig hielt. Ehrlichkeit ist eine gute Eigenschaft und eine, die Früchte trägt.«

Der Priester hielt einen Moment lang inne.

»Und für diese Ehrlichkeit bin ich ihr für immer dankbar. Denn dass sie mich so nannte, zeugte, wie ich glaube, nicht von ihrer Absicht, mich einen Neger zu schimpfen.« Der Priester lächelte kurz. »Vielmehr wollte sie mich daran erinnern, dass ich nicht von hier bin und dass ich, um meiner Aufgabe gerecht zu werden, als Allererstes erreichen muss, dass ihr mich akzeptiert.«

Ergriffenheit, ja wahre Verzweiflung in der gekrümmten Haltung und dem fast zwischen den Schultern verschwindenden Kopf von Giulio, Signora Zerbis einzigem Sohn, der der Zeremonie nur äußerlich beizuwohnen schien, völlig reglos, ohne aufzuschauen. Nur hin und wieder drückte er die Hand seiner Frau Elmira, die im Gegenzug die seine drückte und ihm einen Blick zuwarf, der zu besagen schien: Jetzt nimm dich mal zusammen vor all den Leuten.

»Diese Ehrlichkeit brauchte sie auch, um ihre Arbeit tun zu können. Um ihren Schülern eine Bildung zu vermitteln, die ihnen half, nicht nur fachlich, sondern auch menschlich voranzukommen. ›Meine Rolle‹, sagte sie oft, ›besteht nicht darin, den Schülern etwas einzutrichtern, sondern etwas aus ihnen herauszuholen.‹«

Das einzige Grüppchen, das für die allgemeine Ergriffenheit unempfänglich schien, waren die Rosenkränzler in der Bankreihe links vorne. Sie beteten weiter in kopfwiegendem Eifer vor sich hin und unterbrachen ihre Tätigkeit selbst während der Predigt nicht, möglicherweise um so das Fehlen ihrer beiden tragenden Säulen auszugleichen.

Denn die Frau Bürgermeister wohnte der Trauerfeier

an der Seite ihres Mannes bei, sei es im Bewusstsein ihrer Rolle oder weil sie nach dem Marienanbetungs- marathon der beiden vorangegangenen Nächte nicht ganz in Form war. Ihr Mann, angetan mit seinem Amts- zeichen, der dreifarbigen Schärpe, saß mit gefalteten Händen da. Er zeichnete sich bisher vor allem dadurch aus, dass er die verschiedenen Wechsel der Körperhal- tung, die den Ablauf der Liturgie markierten, jämmerlich versiebte, teils aufgrund seines Trainingsrückstands, teils weil er tatsächlich mit den Gedanken woanders war.

Neben der Frau Bürgermeister saß Emma, außer- stande, ihre roten geschwollenen Augen vom eigenen Nabel zu heben; dahinter ihre Mutter und vor allem der Vater, Anteo Caproni, den Hut in der Hand und mit einem Schnauzer, der eines Unteroffiziers der habsbur- gischen Armee würdig gewesen wäre. Eine Figur wie aus einer Erzählung von Guareschi.

Für ihre Ergriffenheit und ihr Bedauern hätte Piergiorgio die Hand ins Feuer gelegt; vor zwei Tagen war er ins Haus des Bürgermeisters umgezogen, auf persönliche Einladung des Dorfbewohners Nummer eins, und hatte aus der Nähe miterlebt, welche Betroffenheit Signora Zerbi Pallas Tod bei allen Mitgliedern des Haushalts aus- gelöst hatte. Der Bürgermeister und seine Frau verbar- gen ihren Schmerz vor sich selbst, so wie es die Starken tun, und widmeten sich ihren Obliegenheiten mit noch größerem Einsatz als sonst. Der gute Armando hatte sich mit dem Elan eines Zwanzigjährigen daran gemacht, zu schippen, zu organisieren, zu vermitteln, Informationen einzuholen und die Spitzhacke zu bedienen. Seine Gattin wiederum hatte das Haus in eine Art Armentafel verwandelt und nahm jeden auf, der vorbeikam (in Anbetracht der Wetterlage nicht wenige). Rund um die Uhr brachte sie immer wieder »eine warme Kleinigkeit zur Aufmunterung« auf den Tisch. Was Emma betraf, der es ebenfalls um Aufmunterung ging, so hatte sie sich hinter der Kirchenorgel verschanzt, um das Präludium von Johann Sebastian Bachs geistlicher Kantate *Gottes Zeit ist die allerbeste Zeit* einzustudieren. Als sie das Stück dann zu Beginn der Trauerfeier zum Besten gab, fand es Piergiorgio, ohne zu wissen, worum es sich handelte, ganz einfach wundervoll.

»Und deshalb sind wir heute vor allem zusammengekommen, um der Toten zu danken. Ihr, weil ihr sie gekannt habt, und ich, weil ich nun hier bin, um Seite an Seite mit euch zu leben. Mit euch, die ihr die Frucht der Arbeit unserer Verstorbenen seid und ihres Wunsches, etwas zu verändern.«

Hier umarmte Pater Kene mit dem Blick die ganze Gemeinde, um zu unterstreichen, dass die Predigt an ihr Ende gelangt war; im selben Moment öffneten sich bei Emma alle Schleusen, und die junge Frau begann, unter heftigen Schluchzern zu weinen.

Das ganze Dorf hatte sich in der Kirche versammelt. Seit Dienstag waren die Straßen geräumt und der untere wieder mit dem oberen Ortsteil verbunden, eine Mordsarbeit, die nur zur Folge hatte, dass Clelia Centofanti Palla, als sie frühmorgens zur *Grundversorgung* ging, um

Brot zu holen, auf dem eisglatten Asphalt des Herzkasperwegs ausrutschte und wie ein Rennrodler den Hang hinunterschlitterte, mit den Füßen voraus und dem Kopf hinterher, bis sie unten beim Lebensmittelgeschäft gegen die Zapfsäule prallte. Zum Glück war Signora Clelia ein Paradebeispiel für die gesunde, kräftige Konstitution der Dorfbewohner und hatte statt der beim Skeleton üblichen Haltung die Rodelposition gewählt; andernfalls hätte man an diesem Tag gleich noch eine zweite Beerdigung zu feiern gehabt.

Während die beiden Priester den Leichnam segneten, sah Piergiorgio sich ein letztes Mal um. Das gesamte Dorf. Da sich im Großen das Kleine findet, auch sämtliche Bewohner des oberen Teils; also diejenigen, die im Laufe jener Nacht Gelegenheit gehabt hatten, Signora Zerbis Haus zu betreten und die Eigentümerin zu erdrosseln. Abgesehen von Piergiorgio selbst waren das nur wenige Personen.

Der Bürgermeister und mit ihm der Stadtrat (Stelio und Buccianti).

Die Familie Caproni, die neben der Kirche wohnte, einschließlich Emma, die in der Casa Zerbi und im Haus des Bürgermeisters aushalf.

Maresciallo Zandonai, dessen Familienstand er nicht kannte, sowie die Priester, beide ledig.

Dann noch Dr. Biagini, der an einer Säule stand, mit verschränkten Armen und betretenem Dackelgesicht.

Und natürlich Piergiorgio, der in diesem Moment mit der Inventarisierung durch war.

Also wirklich, so ein Schlamassel. Der Bürgermeister,

der Arzt, die Haushälterin, der Maresciallo und die Priester.

Ich komme in Asterix' Dorf, und nach einer Woche finde ich mich in Cluedo wieder.

Und doch, wenn sich in dieser Kirche ein Mörder befand, so war er, Piergiorgio, ganz sicher nicht in der Lage, ihn auszumachen.

Während er seinen Blick wieder einsammelte, spürte er im Rücken die Augen Margheritas.

»Ich weiß immer noch nicht, warum du wolltest, dass ich mitkomme«, sagte sie leise, ohne Piergiorgio ins Gesicht zu sehen. »Ich verstehe, dass es für dich wichtig war. Du hast sie ja schließlich gekannt. Aber was habe ich damit zu tun? Ich verbringe sowieso jeden Tag acht Stunden in der Kirche zwischen Geburten und Todesfällen.«

Piergiorgio ließ sich einen Moment Zeit.

»Tja, stimmt schon. Wenn das hier wenigstens eine Taufe wäre ... Da gäb's hinterher was zu essen.«

»Sonst noch was? Die machen hier doch fast nichts anderes. Außerdem hast du meine Frage nicht beantwortet.«

»Na ja, das ganze Dorf ist versammelt. Soweit ich weiß, fehlt hier keiner. Da wärst du die Einzige gewesen. Ein bisschen verdächtig würdest du dich damit schon machen, oder?«, sagte Piergiorgio um Leichtigkeit bemüht. Inzwischen war die Zeremonie an ihr Ende gelangt, und die Leute bewegten sich langsam zum Ausgang, bis auf den Priester und diejenigen, die den Sarg zum Leichenwagen tragen sollten.

»›Das ganze Dorf‹ stimmt nicht«, erwiderte Margherita. »Der eine oder andere fehlt. Aber viele sind es nicht,
da hast du recht. Aber guck mal, wie komisch, die tragen
den Sarg auf den Schultern.«

»Wieso komisch? Ist doch ganz normal.«

»In unserer Welt ja. In dem Dorf hier hätte ich eher
erwartet, dass sie den Sarg quer durch die Kirche in den
Leichenwagen werfen. Sag mal, darf ich dich was fragen?«

»Klar.«

»Was heißt das, dass ich mich ›verdächtig gemacht‹
hätte, wenn ich nicht zur Beerdigung gekommen wäre?«

Verflixt noch mal. Ich wusste doch, früher oder später
verquatsche ich mich.

Während Margherita ihn musterte, versuchte Piergiorgio so zu tun, als wäre nichts gewesen. Als er sich umdrehte, traf sein Blick auf den des Maresciallo, und er
fühlte sich plötzlich ganz klein. Ganz anders als am
Montag, als er selbst einen solchen Blick aufgefangen
hatte. Vor Piergiorgios geistigem Auge lief die Szene
noch einmal ab.

»Ich möchte Ihnen etwas vorschlagen.«

Die drei Männer, die in Signora Zerbis Wohnzimmer
standen, blickten zum ersten Mal in dieselbe Richtung:
zum Vierten im Bunde, Maresciallo Zandonai. Der in
sachlichem Ton fortfuhr:

»Das Beste wird sein, wenn sich die Sache nicht her-
umspricht. Ich meine den Umstand, dass Signora Zerbi
offenbar ermordet wurde.«

»Warum denn das?«

Der Bürgermeister musterte den Maresciallo mit skeptischer Miene.

»Weil ich überzeugt bin, dass der Mörder darauf gesetzt hat, die Tat könnte als Tod mit natürlicher Ursache durchgehen. Wäre Dr. Pazzi nicht gewesen« – der Maresciallo nickte Piergiorgio zu –, »hätte wahrscheinlich keiner etwas gemerkt. Signora Zerbi hatte bekanntlich ein Herzleiden, und du, Corrado, hattest auf Anhieb nichts Verdächtiges festgestellt.«

Dr. Biagini knurrte: »Wenn du mir ein wenig Zeit gelassen hättest, mein lieber Alvise, dann hätte ich mir das Auge selbst angesehen und hätte als Allererster diese Diagnose gestellt. Aber lassen wir das. Wenn ich richtig verstehe, worauf du hinauswillst, dann sehe ich das genauso. Wir sind von der Außenwelt abgeschnitten.«

»Ganz recht, Corrado. Wir sind abgeschnitten. Die Schneekatastrophe bietet uns einen Vorwand, die Leute eingehend zu befragen, ohne Verdacht zu erregen. Und es wird noch einige Zeit vergehen, bevor jemand das Dorf verlassen kann. Ich habe lediglich die Pflicht, den Herrn Richter zu verständigen, aber darüber hinaus zwingt mich nichts, diese Angelegenheit publik zu machen. Und wenn ich den Richter um ein diskretes Vorgehen einschließlich Nachrichtensperre bitte, weil das die Ermittlungen erleichtert, so wird er dem ohne Weiteres zustimmen. Machen wir es folgendermaßen: Wir vier wahren Stillschweigen, und Armando und ich hören uns diskret um. So dürften wir rasch zu Ergebnissen kommen. Sind Sie damit einverstanden?«

Die drei anderen sahen sich an. Auch Piergiorgio überzeugte die Argumentation.

Also kein Wort darüber. Ohne Auffälligkeiten ging es auf das Begräbnis zu, eine Autopsie wurde nicht beantragt (das ließ sich gegebenenfalls nachholen, auch unter Berücksichtigung der Zeugenaussage Piergiorgios), und alles verlief nach den üblichen Regeln des Todes, an die sich alle wohl oder übel gewöhnen müssen.

Während Piergiorgio zum ersten Mal seit seiner Ankunft im Dorf darüber nachdachte, wie er Abstand von Margherita gewinnen könnte und nicht etwa das Gegenteil, schien ihm das Schicksal zu Hilfe zu kommen. Gelassen, aber in einer Haltung, die keinen Widerspruch zuließ, trat Maresciallo Zandonai auf ihn zu und sagte mit ruhiger Stimme:

»Sie müssen entschuldigen, Dr. Pazzi, aber ich brauche von Ihnen eine Information. Darf ich Ihnen Ihren Begleiter kurz entführen, Signorina?«

Ohne eine Antwort abzuwarten, fasste er Piergiorgio am Arm und führte ihn einige Schritte beiseite.

In sicherer Entfernung fuhr der Maresciallo fort: »Armando und ich haben die Befragungen abgeschlossen. Stelio und Buccianti waren den ganzen Nachmittag mit Armando zusammen. Erst hatten sie ihre Stadtratssitzung, dann waren sie Schnee schippen, dann zum Abendessen bei Armando zu Hause. Anschließend ging es wieder ans Räumen, bis der Strom ausfiel und ihnen nichts anderes übrig blieb, als zurück zum Bürgermeister zu gehen. Hinterher waren sie bis drei Uhr morgens in der Kneipe, haben Karten gespielt und den Wetterbericht verfolgt. Da Stelio und Buccianti nicht zu sich nach Hause konnten, haben sie am Ende alle drei dort übernachtet. Die Frauen, also Signora Viola und Emma, waren nach dem Abendessen zum Rosenkranz in die Kirche gegangen. Dort sind sie dann notgedrungen geblieben, und zwar bis Montagabend um sechs, also bis der Schneehaufen vor dem Eingang abgetragen war. Pater Benvenuto und Pater Kene waren die ganze Zeit bei ihnen. Caproni und seine Frau hatten Dr. Biagini und mich zum Abendessen eingeladen. Gegen zehn Uhr gingen Biagini und ich dann zu mir. Wir haben uns einen Film angesehen und uns noch bis spät unterhalten. Es wollte halt keiner von uns den Sonntagabend allein verbringen.«

»Das heißt, Dr. Biagini hat ein wasserdichtes Alibi.«

»So ist es«, sagte der Maresciallo, ohne den Blick vom Boden zu heben. »Und nicht nur Dr. Biagini. Auch die anderen.«

Piergiorgio mochte sich täuschen, aber der Ton des Maresciallo hatte bei seinem letzten Satz eine etwas andere Färbung angenommen.

»Auch die anderen, Dr. Pazzi. Auch die anderen.«

Und jetzt sah der Maresciallo Piergiorgio in die Augen. Dr. Biagini war zu ihnen getreten.

»Sie sehen, mein lieber Dr. Pazzi, da bleibt nicht mehr viel Auswahl. Sie sind jung und mit großem Eifer bei der Sache, nicht wahr, und da haben Sie sich wohl von einer kleinen Beobachtung irreführen lassen, einem Detail, dem Sie allzu große Bedeutung beimaßen. Dr. Biagini, den ich sehr schätze, aber der nun einmal sein ganzes Leben hier oben in den Bergen verbracht hat – wie soll ich sagen, er hat sich von Ihrem Charisma blenden lassen. Von Ihrer Aura als Wissenschaftler, als Universitätsdozent, als Forscher. Ich möchte Ihnen eine Frage stellen. Bitte antworten Sie mir in aller Ruhe und Aufrichtigkeit.«

Piergiorgio spürte, wie sich seine Nackenmuskulatur versteifte, und das lag nicht an der Kälte.

Wenn es etwas gab, worüber Piergiorgio nicht mit sich reden ließ, dann war es seine fachliche Kompetenz. Natürlich nicht in dem Sinn, dass er unfehlbar gewesen wäre; jeder kann sich irren. Aber in konkreten medizinischen Fragen, auf dem Gebiet also, mit dem er sich schon so lange befasste, da war das etwas anderes.

Piergiorgio bemühte sich, die Ruhe zu bewahren.

»Sie brauchen mir die Frage gar nicht erst zu stellen. Die Antwort lautet: ja. Ich bin sicher, dass Signora Zerbi erdrosselt wurde und dass die Strangulierung mithilfe eines Gegenstands erfolgte, der ihr auf die Atemwege gedrückt wurde. Die Petechien in der Sklera könnten alle möglichen Ursachen haben, aber die Blutergüsse auf der Lippenschleimhaut nicht. Aus beidem zusammen ergibt sich, dass der bedauernswerten Signora Zerbi ein Kissen aufs Gesicht gepresst wurde, und zwar relativ lange. In Verbindung mit der Tatsache, dass Signora Zerbi« – Piergiorgio wies mit beredter, wenn auch nicht allzu ausgreifender Geste darauf hin, an welchem Ort sie sich befanden – »unzweifelhaft tot ist, lässt sich daraus nur eines schließen. Mord.«

Der Maresciallo musterte Piergiorgio einige Sekunden lang, ohne dass sich sein Gesichtsausdruck veränderte. Dann wandte er seine blassblauen Augen Dr. Biagini zu. Der nickte knapp, äußerlich ungerührt, und verharrte mit wachsam zusammengekniffenen Lippen.

Der Blick des Maresciallo verweilte auf dem Arzt, als er wieder das Wort ergriff.

»Ich verstehe. Nun gut, da Signora Zerbi also zweifellos ermordet wurde, muss es auch jemanden geben, der die Tat begangen hat. Aber alle, die dazu Gelegenheit gehabt hätten, verfügen über ein Alibi, bis auf eine Person. Daraus folgt, dass der Einzige, der die arme Signora Zerbi ermorden konnte, derjenige ist, der über kein Alibi verfügt. Und so ein Zufall: Laut eigener Aussage befand sich der Betreffende just in dem Zeitraum, in dem der Mord stattgefunden haben muss, in Signora Zerbis Haus. Wenn Sie mich für einen Augenblick entschuldigen wollen, ich gehe kurz mit meinem Untergebenen sprechen, Appuntato Carrus. Rühren Sie sich bitte nicht von der Stelle.«

Mit militärisch-zackiger Geste drehte sich der Maresciallo um und ging zu einer kleinen Gruppe von Personen, die unweit von ihnen standen. Kurz darauf warf der Arzt Piergiorgio einen Blick zu und entfernte sich dann ebenfalls, rasch und ohne etwas zu sagen. Ihm stand ein Sprichwort ins Gesicht geschrieben: »Wer der Grund seines Unglücks ist, beweine sich selbst.«

Der Maresciallo war kaum abgetreten, da kam auch schon Margherita mit verschwörerischer Miene zu Piergiorgio.

»Jetzt musst du mir aber alles erzählen. Was heißt das: Wenn ich nicht gekommen wäre, hätte ich mich verdächtig gemacht? Warum hast du dich beim Gottesdienst pausenlos umgeschaut? Und warum in aller Welt kommt der Maresciallo, führt dich beiseite und redet dann zehn Minuten lang auf dich ein?«

Piergiorgio holte tief Luft.

»Als ich Signora Zerbi morgens in ihrem Wohnzimmer fand ...«

Margherita nickte fast unmerklich.

»... da fiel mir auf, dass ihre Sklera einige kleine Blutergüsse aufwies. Und auf der Lippenschleimhaut befanden sich weitere Blutergüsse, jeweils auf Höhe der Schneidezähne.«

Margherita lächelte, um ihn zur Preisgabe weiterer Einzelheiten zu ermuntern.

»Okay. Und was noch? Irgendwelche weiteren makabren Details?«

»Herrgott, hast du noch nie einen Krimi gesehen?«

»Nein, ich ... Ach du liebe Güte.«

Margherita entgleisten die Gesichtszüge. Sie sah Piergiorgio an, der ihrem Blick standhielt. Dann schüttelte sie den Kopf.

»Ich fasse es nicht. Da denkt man, man wäre im langweiligsten Dorf der Welt, und dann so was. Und ausgerechnet du hast die Leiche gefunden. Man weiß im Leben wirklich nie, was einen erwartet.«

Piergiorgio holte noch einmal tief Luft und wandte sich ab. Margherita trat neben ihn und sagte halblaut:

»Mir ist natürlich klar, meine Herren Ermittler, dass

die Untersuchung des Falles strengster Verschwiegenheit unterliegt. Aber auch wir Pressevertreter müssen unsere Arbeit tun. Wir können nicht einfach nur kühl berichten, wir müssen den Ereignissen zuvorkommen. Also sagen Sie, sagen Sie: Gibt es schon Mutmaßungen bezüglich des Motivs? Haben Sie bereits einen Verdächtigen? Vielleicht die geheimnisvolle ausländische Agentin mit den lila Haaren, die jüngst bei ihren Streifzügen durchs Dorf gesichtet wurde?«

Piergiorgios Blick schweifte zum Maresciallo, der gelassen mit seinem Untergebenen sprach, welcher wiederum ihn nicht aus den Augen ließ.

»Die erste Frage kann ich nicht beantworten. Was die zweite angeht, kann ich dich beruhigen. Zurzeit bin ich der einzige Verdächtige ...«

Mittwochabend

»Ganz schön viele Sterne, was?«

Piergiorgio sah zum Himmel empor.

Spontan hätte er wohl gesagt: Millionen und Abermillionen, so wie in der berühmten Negroni-Reklame. Aber da Margherita neben ihm stand, sah er davon ab.

Hätte er Borges' Gedicht gekannt, so hätte er dessen wundervolles Bild vom Gerechten zitieren können, einem Mann wie »ein Brunnen, / der im Spiegel seines Schimmers / wenige Bilder zeigt und wieder zeigt, für immer«, und dann hätte er dagestanden wie eine Eins. Nicht dass sich dadurch seine Chancen sonderlich erhöht hätten, mit Margherita vom Zustand des beiläufigen Sich-Kennens zum Erkennen im biblischen Sinne zu gelangen, aber gut dagestanden hätte er trotzdem.

Leider kannte er das Gedicht nicht. Und so wurde nichts daraus. Stattdessen sagte er das Erstbeste, was man in diesem Augenblick von ihm erwarten konnte.

»Wenn mir niemand aus diesem Schlamassel heraushilft, dann sehe ich den Sternenhimmel in den nächsten Jahren nur noch durch Gitterfenster.«

Da der Tod von Signora Zerbi Palla nun offiziell ein gewaltsamer geworden war, hatte der Maresciallo nach der Beerdigung ihr Haus versiegeln lassen. Appuntato Carrus war losgeschickt worden, um Piergiorgios persönliche Gegenstände zu holen, die sich noch dort befanden. Er sollte sie zum Haus des Bürgermeisters bringen.

Und hier erfuhr Piergiorgio zum ersten Mal unerwartete Hilfe von Margherita. Als Carrus den Koffer durchging und Posten für Posten pedantisch auflistete, sah Piergiorgio, wie er ein Notebook hervorzog. Ein MacBook Air, um genau zu sein.

»... ein Laptop mit dazugehörigem Ladegerät«, sagte der eifrige Carabiniere, während er das Gerät auf den Tisch legte und sich wieder dem Koffer zuwandte, um die Operation fortzusetzen.

Piergiorgio hob die Hand.

Der gehört nicht mir, wollte er gerade sagen. Der war von Signora ...

Doch ein Blick von Margherita, die hinter Carrus stand, ließ ihn innehalten. Und Carrus hatte die Nase so tief im Koffer, dass er nicht merkte, wie er an selbiger herumgeführt wurde.

Margherita seufzte.

»Warum ›jemand‹, kannst du das denn nicht selbst? Oder läuft das bei dir nach dem Schema ›typischer italienischer Mann‹ – wenn's Schwierigkeiten gibt, muss einen die Mamma retten?«

»Ich wüsste mal gerne, mit was für Männern du zu tun gehabt hast. Aber du hast recht, ich kann mir durchaus selber helfen. Und ich bin ja auch schon dabei.«

»Du meinst wohl, *wir* sind schon dabei, ja? Na, dann

gehen wir die Sache mal durch. Als Erstes stellt sich die Frage, wer eigentlich etwas davon hat. Wer zieht einen Nutzen aus Signora Zerbis Tod? Oder um mit den Römern zu sprechen, *cui bono?*«

Piergiorgio rutschte auf dem flachen Stein, auf dem er Platz genommen hatte, in eine bequemere Position. Trotz seiner langen Unterhose fror er wie ein Schneider.

»Schön, dass sich das mal jemand fragt. Den Maresciallo zum Beispiel scheint diese Frage nicht zu beschäftigen.«

Die zweite Hilfestellung gab ihm Margherita, als sie kurz darauf ihre großen grünen Augen aufriss und sagte, sie könne ihn sich wirklich nicht vorstellen, wie er eine alte Dame mit einem Kissen ersticke. Um jemanden umzubringen, bedürfe es ja doch eines Motivs. Jedenfalls glaube sie keine Sekunde daran, dass Piergiorgio den Mord begangen habe. Und deshalb, schloss sie, wolle sie ihm gerne helfen, wieder aus dem Schlamassel herauszukommen. Zusammen würden sie es schon schaffen, die nötigen Fakten zusammenzutragen und herauszufinden, wer tatsächlich für das vorzeitige Ende der armen Signora Zerbi verantwortlich sei.

Der erste Teil war Piergiorgio ein Trost; der zweite machte ihn ein bisschen nervös.

»Na, dann stellen wir sie uns eben. Fangen wir mit den Indizien an, die wir momentan haben.«

»Ach, haben wir welche?«

»Wir haben mindestens zwei. Erstens wissen wir, dass

Signora Zerbi an dem Morgen, an dem ihre Leiche gefunden wurde, einen Termin gehabt hätte, mit einem Menschen, der recht professionell wirkte. Und dessen Nachnamen du dir glücklicherweise gemerkt hast.«

»Pezzanera. Den werde ich mein Lebtag nicht vergessen. Ich weiß noch, wie mir durch den Sinn ging, dass der Name ganz gut zur Situation passt.«

»Schon, nicht wahr? Also, Pezzanera ist ein ziemlich seltener Familienname, man findet ihn vor allem in Umbrien.«

Margherita zog ihr Smartphone aus der Tasche und hielt es Piergiorgio hin.

Die Website, die sie auf dem Handy aufgerufen hatte, zeigte eine geographisch-genealogische Karte Italiens. Der Stiefel war in Regionen aufgeteilt, über die sich einige größere und kleinere rote Kreise verteilten, hauptsächlich in Umbrien und Lazio.

»Siehst du das? Wir haben hier im Umkreis von einhundert Kilometern höchstens zehn Personen, die Pezzanera heißen. Ich werde ab morgen systematisch alle Kandidaten durchtelefonieren. Schauen wir mal, ob einer davon den Termin mit Signora Zerbi hatte. So weit unser erstes Indiz. Die zweite Spur sieht noch vielversprechender aus.«

»Schon klar. Der Rechner. Ich habe den Laptop selbst eingerichtet. Und ich kenne Signora Zerbis sämtliche Passwörter.«

»Damit habe ich gerechnet. Deshalb habe ich dich vorhin auch so angesehen, als du den Laptop diesem Brigadiere zurückgeben wolltest.«

»Appuntato. Weißt du, da war ich nicht ganz bei mir. Man erlebt das ja nicht jeden Tag, dass man als Mörder verdächtigt wird. Ein Glück, dass wenigstens du so geistesgegenwärtig bist. Du denkst methodisch, und dir entgeht nichts. Schade, dass du mit diesen geistigen Fähigkeiten nichts Naturwissenschaftliches studiert hast.«

Zwischen Männern und Frauen kommt es häufig vor, dass etwas, dass der Anwärter XY als Kompliment meint, von der Gegenpartei XX als regelrechte Beleidigung aufgenommen wird.

Man konfrontiere eine Frau mit einer aufrichtig bewundernden Aussage (»Deine Haare sehen ja klasse aus heute«), und sie hört unweigerlich einen Subtext heraus, der einem völlig fernlag (»Gestern warst du noch der reinste Wischmob«). Diese Übertragung eigener Ängste auf die vermeintlichen Absichten des anderen, das möchte ich allen edlen Jungfrauen ins Stammbuch schreiben, ist in aller Regel unsinnig: Ein Mann, der euch ein Kompliment macht, verbindet damit nur eine einzige Absicht, und zwar nicht, euch hochzunehmen; eher will er euch vermutlich flachlegen. Nichtsdestoweniger ist das Wirken dieser Autovervollständigungsfunktion eines der großen Probleme zum wechselseitigen Verständnis zwischen Männern und Frauen. Und es stellt sich im Leben eines Mannes mit frustrierender Regelmäßigkeit. So auch jetzt.

»Was soll das heißen? Dass man für Kunst und Literatur keine geistigen Fähigkeiten braucht?«, fragte Margherita in etwas verändertem Ton.

»Nein, um Himmels willen, so war das nicht gemeint«,

schwindelte Piergiorgio. »Ich glaube einfach nur, dass die Naturwissenschaften um einiges objektiver sind als die Literatur. Das Schöne ist eines, die Wahrheit etwas anderes. Das sind zwei ganz unterschiedliche Betrachtungsweisen, und sie haben auch unterschiedliche Zielsetzungen. Das Ziel der Wissenschaft ist, Invarianzen zu finden. Dinge, die unabänderlich so sind, allgemeingültige Gegebenheiten der Welt, in der wir leben.«

Margherita drehte sich zu ihm.

»Denkst du wirklich so?«

Piergiorgio lächelte.

»Ja, mehr oder weniger schon.«

»Ich glaube, dann rufe ich mal schnell den Brigadiere, pardon, Appuntato, und sag ihm, dass der Computer doch nicht von dir ist. Weißt du, große Literatur ist gerade deshalb groß, weil es da auch Invarianzen gibt.«

Margherita sah Piergiorgio in die Augen.

»Vorher sagtest du, du würdest den Namen des Typen am Telefon dein Lebtag nicht vergessen, und wahrscheinlich stimmt das auch. Du hast eine derart starke emotionale Erfahrung durchlebt, dass sich dir die Einzelheiten dieses Moments ins Gedächtnis gemeißelt haben. Emotionen helfen dabei, sich zu erinnern, das ist eine Tatsache. Nur um ein Beispiel zu geben, jeder erinnert sich an seinen ersten Kuss.«

Gleich nach diesen Worten wandte Margherita den Blick ab, und das war auch besser so. Denn teils wegen ihres Blicks, teils wegen des Themas, teils auch wegen ihrer leisen, fast gehauchten Stimme versammelte sich Piergiorgios Blut zunehmend in Körperregionen, die dem Gehirn eher fern sind, und es fiel ihm immer schwerer, einen klaren Gedanken zu fassen.

»Aber auch andere Dinge helfen, sich zu erinnern. Gerüche zum Beispiel. Hast du Proust gelesen?«

»Nein.«

»Aber den Anfang der *Suche nach der verlorenen Zeit* kennst du schon, oder?«

»Äh, ja. Den kennt doch jeder. Der Duft der Madeleine, der ihn an seine Kindheit erinnert und so weiter.«

»Bravo. Mindestens eine Zwei. Nun, die Neurowissenschaft weiß, dass Geruch und Geschmack Erinnerungen intensivieren, und auch, dass Erinnerungen von der Stimmung und von dem Zeitpunkt abhängen, in denen sie aufgerufen werden. Wissenschaftlich erwiesen wurde das allerdings erst in den letzten Jahren. Proust schrieb darüber schon 1913.«

Piergiorgio versuchte, sich zusammenzunehmen.

»Das stimmt. Geschmäcker und Gerüche erleichtern das Abrufen von Erinnerungen. Nachgewiesen von Herz 2002, richtig. Aber ich möchte dich darauf hinweisen, dass du mich damit nur bestätigst. Du sagtest ›wissenschaftlich erwiesen‹. Proust mag so etwas in den Raum gestellt, er mag es bemerkt haben, möglicherweise hat er es auch hervorragend ausgedrückt. Doch wenn sich nicht unsere lieben alten Wissenschaftler dahintergeklemmt hätten, mit Experimenten und unter Beachtung statistischer Prinzipien, wäre das noch immer nichts als eine faszinierende Hypothese. Mancher hätte sich darin wiedererkannt, mancher nicht. Durch eine wissenschaftliche Herangehensweise stellt man allerdings fest, dass es wahr ist. In der Literatur hingegen kursiert auch grober Unfug, verbrämt durch schöne Worte. Die *Ilias* ist etwas Wunderbares, aber das heißt noch lange nicht, dass auf dem Olymp die Götter wohnen würden. Und unsere Wirklichkeit unter Annahme von Göttern zu interpretieren, ergäbe keine sehr überzeugenden Ergebnisse.«

Margherita schwieg. Erst nach einigen Augenblicken erwiderte sie:»Ich weiß auch ein, zwei Dinge über Naturwissenschaft, weißt du?«

»Das freut mich. Aber ich ...«

»Zum Beispiel«, fuhr Margherita fort, »weiß ich, dass die Sonne, zurzeit ein Gelber Zwerg, sich in einigen Milliarden Jahren in einen sogenannten Roten Riesen verwandeln und sich so weit ausdehnen wird, dass ihr Durchmesser etwa ein Hundertfaches des jetzigen ausmacht. Da das die Entfernung der Erde zur Sonne übersteigt, werden wir nach Ansicht der meisten Wissenschaftler von einem ungefähr dreitausend Grad heißen Feuerball verschluckt werden, was das Leben auf der Erde doch ziemlich in Mitleidenschaft ziehen dürfte, wahrscheinlich auch die Erde selbst.«

»Ist mir bekannt«, sagte Piergiorgio. »Wurde das ebenfalls von einem Romanautor vorausgesagt?«

»Mehr oder weniger ja. Es gibt Millionen von Gedichten, die auf der Tatsache gründen, dass früher oder später alles vergeht. Aber es gibt auch ein sehr schönes Gedicht von Horaz, das mit den Worten beginnt: ›Exegi monumentum aere perennius.‹ Kennst du es?«

»Nein«, gab Piergiorgio zu, der beim Namen Horaz

unwillkürlich an den Freund von Clarabella Kuh denken musste und nicht an den römischen Dichter.

Margherita räusperte sich und deklamierte:

Exegi monumentum aere perennius
regalique situ pyramidum altius,
quod non imber edax, non Aquilo impotens
possit diruere aut innumerabilis
annorum series et fuga temporum.

»›Ich habe ein Denkmal errichtet, das dauerhafter ist als Bronze‹«, übersetzte Margherita freundlicherweise, »›höher als Pyramiden, und weder der Regen noch der Wind werden es zerstören, weder der Lauf der Jahre noch das Verfliegen der Zeit.‹«

Margherita verstummte für einen Moment.

»Horaz wusste, dass seine Dichtung überleben würde. Und dass wir nach Tausenden von Jahren noch immer seine Strophen lesen würden. Und dass diejenigen, die nach uns kommen, sie weiter lesen werden, für die kommenden fünf Milliarden Jahre, mehr oder weniger. Die Wissenschaft findet Wahrheiten, schon in Ordnung, aber du wirst zugeben müssen, die Literatur hilft uns, sie zu ertragen.«

Mittwochnacht
(oder schon Donnerstagfrüh)

Piergiorgio wartete, bis der Rechner heruntergefahren war, und klappte den Bildschirm auf die Tastatur. Behutsam verwahrte er das Gerät in der Tasche. Dann stützte er den Kopf in die Hände.

Signora Zerbi hatte seinen Rat tatsächlich befolgt (»Ändern Sie die Passwörter, Signora, das ist wichtig«) und die Zugangscodes für ihren Computer geändert. Das Passwort beim Start hatte Piergiorgio gleich beim ersten Mal erraten: »Alberto«.

Das zum E-Mail-Postfach nicht. Weder sofort noch später.

Nach einer guten Stunde fruchtloser Versuche hatte er sich ergeben und einem Freund geschrieben, der, was Computer anging, mit allen Wassern gewaschen war. Er erklärte ihm nur, dass er auf dem Computer einer verstorbenen Person die Zugangscodes wiederherstellen müsse. Dass die betreffende Person ermordet worden war und er selbst verdächtigt wurde, ihr den Garaus gemacht zu haben, darauf ging er nicht ein.

Während er wartete, klickte er sich aufs Geratewohl durch den Browserverlauf. Mal sehen, wofür sich Signora Zerbi in ihren letzten Lebenstagen interessiert hatte.

Und dabei stieß er auf etwas ziemlich Merkwürdiges.

Piergiorgio hatte mit Margherita vereinbart, dass sie sich genauso verhalten würden wie bisher. Das hieß, sie würden sich praktisch nur zufällig über den Weg laufen und ausschließlich per E-Mail über den Fall kommunizieren.

Und das hatte er jetzt vor. Er holte also seinen eigenen Laptop, gab Margheritas Adresse ein und kam direkt zur Sache.

Ich komme nicht an die Mails. Signora Zerbi hat die Zugangsdaten geändert. Eine Möglichkeit habe ich noch, aber das wird dauern.

Dafür habe ich etwas anderes Interessantes gefunden. Ich habe mir mal angesehen, was die Zerbi in den letzten Tagen in Google eingegeben hatte. Neben Bach und neapolitanischen Volksliedern gibt es da zwei Sachen, die ein bisschen aus dem Rahmen fallen. Signora Zerbi hat nach den »mendelschen Gesetzen« gesucht. Und nach »Schenkungen Privatgrundstücke Gemeinde«.

Was die mendelschen Regeln betrifft, ist es nicht abwegig, wenn sie da neugierig war. Wir hatten uns am Sonntagabend darüber unterhalten. Aber wenn du in Google »Schenkungen Privatgrundstücke Gemeinde« eingibst, dann findest du neben Medienberichten vor allem juristische Kommentare und Dokumente.

Signora Zerbi hat nur Letztere angeklickt.

Vielleicht hat das alles nichts zu bedeuten, vielleicht aber auch doch. Könnte ja sein, dass Signora Zerbi das eine oder andere Grundstück besaß.

Die Antwort ließ nicht lange auf sich warten. Etwa drei-ßig Minuten später wurde sie von einem verheißungs-vollen Klimpern angekündigt, das Piergiorgio im Schlaf wohl noch nicht einmal dazu gebracht hätte, sich auf die andere Seite zu drehen. Doch zum Glück bekam er in dieser Nacht kein Auge zu. Also stand er auf und stellte das Zählen der Schäfchen ein, die er sich erstmals seit seiner Ankunft in Montesodi ausmalen musste, anstatt sie wirklich zu sehen.

Ausgezeichnet. Du wohnst ja jetzt beim Bürgermeister, versuch mal, diskret an der Sache dranzubleiben. Ich werde morgen neben der Suche nach diesem geheim-nisvollen Pezzanera die Conticini ausquetschen. Ich möchte so viel Klatsch über die Verstorbene hören wie möglich, vor allem auch, wer irgendein Problem mit ihr hatte. Soweit ich sehe, sollten das nicht allzu viele sein.
Gute Nacht,
Margherita

Na super.

»Möchten Sie noch etwas Kaffee?«

Piergiorgio saß am Frühstückstisch, vor sich eine Schale mit Erdbeermarmelade, die allerdings gegenüber dem Rot seiner Augenränder geradezu blass wirkte. Fast ohne die Lippen zu bewegen, murmelte er ein Ja.

»Bitte sehr. Sie sehen ja ganz erledigt aus. Und vom Essen haben Sie fast nichts angerührt. Ist etwas nicht in Ordnung?«

Doch, doch, Signora. Ich werde zwar des Mordes verdächtigt und habe heute Nacht ungefähr sechzehn Minuten geschlafen, aber davon abgesehen ist alles bestens.

»Ich hatte eine etwas kurze Nacht«, brachte Piergiorgio schließlich mit heiserer Stimme hervor.

»Das glaube ich gern, Sie Ärmster. All die fremden Geräusche auf dem Land, als Städter ist man das nicht gewöhnt, stimmt's?«

Piergiorgio betrachtete Signora Viola, ohne zu wissen, was er sagen sollte. Vielleicht zum zehnten Mal seit seiner Ankunft fragte er sich, ob die Frau Bürgermeister völlig bekloppt war oder ob sie nur so tat, dann allerdings mit großem Geschick. Schwer zu entscheiden. Da Piergiorgio keine Ahnung von Mode hatte, sprachen die beiden in den seltenen Augenblicken, in denen sie sich zu zweit wiederfanden, immer nur übers Wetter. Wobei man sagen muss, dass das in diesen Tagen ein weniger triviales Gesprächsthema war als sonst.

Während Piergiorgio sich den Geboten der Höflichkeit unterwarf und versuchte, sich dabei nicht allzu tief im Staub der Banalität zu wälzen, hörte man einen Schlüssel, der sich im Schloss drehte. Signora Viola lächelte.

»Ach, da ist ja Armando. Armandooo, kommst du was frühstücken?«

Von allen Erscheinungen, die Piergiorgio sich ausmalen konnte, war diejenige, die er jetzt sah, eine der unvorteilhaftesten. Der Bürgermeister in einer Art Tarnanzug, darüber die dunkelorange Weste eines Mitarbeiters der Staatlichen Straßenverwaltung ANAS, um die Schulter ein Gewehr, auf dem Kopf ein grünes Armeekäppi und Schlammspuren bis zu den Ohren.

»Ach ja, warum eigentlich nicht.«

»Aber vorher spring schnell unter die Dusche und zieh dir was Ordentliches an«, sagte die Frau Bürgermeister, während sie ins Wohnzimmer ging. »Komm mir ja nicht so in die Küche, sonst rücke ich dir mit der Mistgabel zu Leibe.«

»Zu Befehl. Und die Schlüssel, sind die aufgetaucht?«

»Ach woher«, antwortete Signora Viola kopfschüttelnd. »Ich habe überall nachgeschaut. Auch im Keller.«

»Wie sehen sie denn aus?«, fragte Piergiorgio.

»Ein ziemlich dicker Schlüsselbund« – Signora Violas Daumen und Zeigefinger zeigten ein Stück Luft von etwa fünf Zentimeter Breite – »mit einem Borbonese-Anhänger. Kennen Sie, oder?«

»Nein.«

»Ein grau-schwarz geflecktes Stück Leder«, sagte der Bürgermeister, der den Kopf zur Tür hereinsteckte. »Also ganz leicht zu finden, jedenfalls für Adler. Nur minimal kleiner als der hier«, erläuterte er und hielt stolz seinen eigenen Schlüsselbund hoch, Modell Petrus mit violettem Karabinerhaken.

»Ja, wirklich, ein wunderschönes Objekt«, sagte die Bürgermeisterin. »Ich wundere mich immer, warum du das Ding nicht an der Nase trägst. Würde dir sicher gut stehen.«

»Ich jedenfalls habe noch nie meinen Schlüsselbund verloren«, versetzte der Bürgermeister und begab sich vornehm unter die Dusche.

»Und, wie war die Nacht?«

»Zum Kotzen.«

»Armando, könntest du dich vielleicht ein klein wenig gewählter ausdrücken, wenigstens wenn wir Gäste im Haus haben?«

»Ja, Schatz, natürlich. Also, es war kein großes Vergnügen. Die ganze Nacht lang Heu und Mais schaufeln, und das bei dieser Mordskälte, mitten im Wald.«

Der Bürgermeister stand vor dem Tisch, belegte sich ein Sandwich der Größe XXL und sah dabei aus dem Fenster. Glücklicherweise war der Himmel wolkenlos.

»Mais?«

»So ist es, mein lieber Pazzi. Durch den vielen Schnee hat das Wild Schwierigkeiten, Nahrung zu finden. Und damit die Rehe uns nicht die Felder kahl fressen, bewegen die bösen Jäger ihren fetten Arsch ...«

»Armaa-ndo!«

»Entschuldigung, Schatz ... ihren Allerwertesten hinaus in den Wald und verteilen Viehfutter. Dann machen die Rehe die Saat nicht kaputt und laufen auf der Nahrungssuche nicht nachts über die Landstraße. Haben Sie schon mal ein Reh angefahren?«

»Armando«, sagte die Frau Bürgermeister, die gerade mit einer neuen Porzellankanne voll dampfendem Kaffee hereinkam, »Dr. Pazzi lebt nicht in so einer Höhle wie wir, er kommt aus der Zivilisation. In der Stadt läuft kein Wild über die Straße, weißt du?«

»Na, ist auch nicht so schwer, sich das vorzustellen«, entgegnete der Bürgermeister, während er mit beiden Händen sein Sandwich packte und es auf Bauchhöhe hielt.

»Nein, ich glaube nicht. Ich denke mir, dass die Windschutzscheibe und überhaupt die ganze Frontseite nicht besonders gut davonkommen. Und wozu hatten Sie das Gewehr dabei?«

Benvenuti, der gerade in sein Riesenbrot gebissen hatte, zog die Brauen hoch und kaute. Als er den Bissen endlich hinuntergeschluckt hatte, sagte er:

»Selbst wenn Sie in der Zivilisation leben, wissen Sie wohl durchaus, dass eine Begegnung mit einem Wildschwein nicht gerade beglückend ist. Oft hat man es schwer, dem Tier begreiflich zu machen, dass man in bester Absicht kommt. Es hört einem einfach nicht zu. Sondern stürmt auf einen los, besonders, wenn es ausgehungert ist. Und da ich Jäger bin und kein Torero, bleibt mir, wenn so ein mit Hauern bewehrtes Untier auf mich zurennt, nur eines: Ich schieße es über den Haufen. Wenn ich kann.«

Ein weiterer Biss ins Sandwich, eine weitere Pause.

»Mein einziger Trost ist, dass dieser Schwachkopf von Zerbi sich ganz allein um sein Drecksland ...«

»Unter zivilisierten Menschen würde es sich anbieten, dass du ihm hilfst«, sagte die Bürgermeisterin, während sie die Überreste von Piergiorgios Frühstück auf ein Tablett lud.

»Fällt mir ja im Traum nicht ein. Er musste daraus einen königlichen Jagdsitz machen, wo nur er auf die Pirsch geht und vielleicht noch seine Kunden, die feinen Herrschaften aus Bologna und Florenz, und dem Rest des Dorfes ist der Zutritt untersagt. Dann soll er sich jetzt um seinen eigenen Mist kümmern.«

»Und was ist, wenn er den Tieren kein Futter bringt?«

»Tja, was ist dann. Dann sucht sich das Wild halt woanders Nahrung, bei diesem Schnee. Und wenn es dazu über die Felder von jemandem trampelt, den ich kenne, dann geht der hin und verpasst dem guten Zerbi Giulio eine Kugel. Den Falschen trifft es damit sicher nicht. Wildschweine gibt es in unserer Gegend nur auf *Le Fatte*.«

»*Le Fatte*? Ist das der Landsitz von Signora Zerbis Sohn?«

»Jetzt schon. Jetzt, wo seine Mutter tot ist. Nicht, dass das einen großen Unterschied machen würde. Das Land gehörte Signora Zerbi, aber de facto hat sich immer der Sohn darum gekümmert. Der seit jeher ein ausgemachtes …«

»Armandooo …«, kam die Stimme der Frau Bürgermeister aus der Küche.

»Zum Teufel mit Armando«, sagte der Bürgermeister halblaut. Seine Frau kam mit einer weiteren Kanne Kaffee und einem Teller mit frisch aufgeschnittenem Brot herein.

»Hörst du jetzt mal auf, Dr. Pazzi mit diesen Dorfstreitigkeiten zu langweilen? Er hat heute einige Arbeit vor sich, und dabei hat der Ärmste die ganze Nacht nicht geschlafen. Sie müssen meinen Mann schon entschuldigen, für ihn ist Montesodi nun einmal der Mittelpunkt der Welt. Wenn Sie nicht aufpassen, erzählt er Ihnen sämtliche Fehden der Dorfgeschichte vom 17. Jahrhundert bis heute.«

»Keine Sorge, Signora. Diese Art von Geschichten langweilt mich keineswegs.«

Im Gegenteil.

Donnerstag, vor dem Spiel

»Bitte sehr.«

Der Barbesitzer setzte ein stählernes Tablett mit zwei Flaschen Peroni-Bier auf dem Tisch ab und adelte die Bestellung zum Aperitif, indem er auch noch ein Päckchen No-Name-Chips an den Aschenbecher lehnte.

Margherita beäugte die Chips misstrauisch. Piergiorgio, der sich in Momenten der Anspannung gerne durch Essen abreagierte, schnappte sich das Päckchen, riss es auf und stellte es galant in die Mitte des Tischs.

»Wie ich gerade sagte ...«

Später, bremste ihn Margheritas Blick.

Nachdem er mit dem Flaschenöffner, den er am Gürtel trug, die Kronkorken entfernt hatte, entfernte Stellone auch sich, und unsere beiden Freunde blieben allein zurück. Dennoch unterhielten sie sich weiter im Flüsterton.

»Also, Signora Zerbi war Eigentümerin dieses Jagdreviers, *Le Fatte*, das früher ihrem Mann gehörte. Jetzt benützt es der Sohn. Der Mann ging, soweit ich weiß, mit dem ganzen Dorf dort jagen, während der Sohn ...«

»... während der Sohn alleine jagt, weil ihm das ganze Dorf auf die Eier geht. Was auf Gegenseitigkeit beruht.«

Hinter ihnen stand Stellone, der noch einmal gekommen war, um mit einem Schüsselchen Oliven das Niveau seiner Happy Hour zu heben und dabei gleich mal seine persönliche Meinung zu Giulio Zerbi Palla loszuwerden.

Margherita packte die Gelegenheit beim Schopf.

»Er ist kein so richtig angenehmer Mensch, oder?«

Mit einem Blick in Richtung Fernsehzimmer, wo sich die Leute allmählich für das Fußballspiel versammelten (die Serie A hatte eine englische Woche, im Prinzip alles Mittwochsspiele, nur die Fiorentina trat aus Gründen, die Piergiorgio – und nicht nur ihm – ein Rätsel waren, erst heute Abend an), erwiderte der Barbesitzer:

»Der ist noch schöner als angenehm.«

Was deutlich genug war, denn man konnte den guten Giulio in Anbetracht seiner Segelohren, der auseinanderstehenden Schneidezähne und der Brauen, die eines Zyklopen würdig gewesen wären, kaum als einen Adonis bezeichnen. Umso demütigender allerdings, dass diese Aussage aus dem Mund eines Barbesitzers kam, dem die Wampe dreißig Zentimeter weit über den Gürtel ragte, ganz zu schweigen von dem fettigen Haar und dem Lächeln voller Fenster. Stellone warf also den Stein, versteckte den Wanst hinter dem Rücken und ging zufrieden von dannen.

»Na, vielleicht kommt er ja heute Abend auch das Spiel gucken«, sagte Margherita kichernd.

»Kann ich mir bei dem kaum vorstellen.« Piergiorgio sah sich um.

»Ich mir bei dir auch nicht. Bist du sicher, dass du nichts Besseres zu tun hast, als hier rumzuhängen und der Fiorentina zuzuschauen?«

»Und ob ich das habe. Ich bleibe beim Bürgermeister

zu Hause, der selbst übrigens auch hier sein wird, um sich das Spiel anzusehen. Während ich bei ihm herumhocke und mich mit seiner Frau über Mode und Gardinen unterhalte. So eine langweilige Trulla findest du auf diesem Planeten nicht noch einmal.«

»Befrag doch sie ein bisschen zum Dorfklatsch. Das könnte ganz lustig werden.«

»Habe ich schon gemacht. Aber sobald ich damit anfange, wer mit wem befreundet, verfeindet, verwandt oder verfehdet ist, wechselt sie das Thema. Alle anderen übrigens auch.« Piergiorgio deutete unauffällig mit dem Daumen auf den Barbesitzer. »Witzeleien, halbe Sätze, Sprichwörter.«

»Verstehe. Wie spät haben wir's eigentlich?«

»Zehn vor acht.«

»Dann überlasse ich dich und die anderen Alphamännchen mal besser dem Spiel und gehe zum Abendessen. Bei Signorina Conticini steht das Essen um Punkt acht auf dem Tisch, und wenn ich auch nur eine Minute zu spät komme, sitzt sie mit einer Flappe vor dem Teller, das kannst du dir nicht vorstellen.«

Dabei brauche ich die Conticini heute Abend in Stimmung, sagte Margheritas Blick. Ich habe große Neuigkeiten für dich.

Man könnte glauben, einen Tag nach der Entdeckung, dass im Dorf ein Mord verübt wurde, würde ein stinknormales Ligaspiel keinen hinreichenden Grund bieten, unter der Woche aus dem Haus zu gehen. Ja, es könnte sogar einen Tick pietätlos erscheinen, wenn die Leute in der Bar sitzen und der Fiorentina zuschauen, anstatt über die unschönen Seiten des Lebens nachzusinnen. Aber wer auch immer das so sah, wohnte nicht in Montesodi Marittimo.

Piergiorgio verbrachte den Abend unter gut siebzig grölenden Fans. An der Wand über ihm hing ein Banner, das die Aufschrift trug: »Montesodi veilchenblau im Herzen / wer nicht rennt, zwei Veilchen im Gesicht.« Die Pflichtflasche Peroni in der Hand, verfolgte Piergiorgio das Spiel, und obwohl es sich um eine der ödesten Partien handelte, die er je gesehen hatte, musste er am Ende zugeben, dass es eine ziemliche Gaudi gewesen war.

Die einheimischen Fans verhielten sich so ruppig und unsportlich, wie man es sich nur vorstellen kann, und gerieten über alles und jeden in Rage; über die gegnerischen Spieler (allesamt Hundesöhne), über zahlreiche Spieler aus dem eigenen Team (allesamt Schwuchteln), und in Ermangelung eines Besseren auch über den Schiedsrichter (der wohl was mit der Mutter eines der gegnerischen Spieler haben musste). In den seltenen Augenblicken, in denen es den beiden Mannschaften gelang, nicht einfach nur wild draufloszukicken, sondern so etwas wie einen kohärenten Spielzug zu initiieren, brüllte die Versammlung der Einheimischen los, dass einem angst und bange wurde, unter großem Stühlerücken; und als die Fiorentina ein Tor erzielte, kam es zu dantesken Jubelausbrüchen samt Stinkefingern und allerlei Begeisterungsäußerungen auch für das Aussehen des Schützen (der noch vor zwanzig Sekunden als Schwuchtel tituliert worden war und den Umschwung vielleicht zu schätzen gewusst hätte, wären die Lobes-hymnen nicht ausgerechnet von Bonacci gekommen).

Hätte Piergiorgio nicht anderes im Sinn gehabt, er wäre wahrscheinlich für einige Minuten ins Grübeln gekommen, wie er sich in solcher Gesellschaft so irre amüsieren konnte: Bei der Hälfte der Anwesenden hätte er sich geschämt, mit ihnen in der Öffentlichkeit gese-hen zu werden. Nachdem er sich an diesem Abend jedoch vom Bürgermeister verabschiedet hatte, nicht ohne ein tausendstes Mal einvernehmlich festzustellen, dass Jove-tic wirklich ein Wahnsinnsspieler sei, und schließlich die Zimmertür ins Schloss gefallen war, ging Piergiorgio zu seinem Computer und schaltete ihn ein. Noch bevor er Platz nahm, sah er nach, ob Margherita ihm vielleicht gemailt hatte.

Und so war es auch.

Lieber potenzieller Sträfling, ich glaube, ich habe große Neuigkeiten für dich. Also, schön der Reihe nach.

Erstens: Ich habe den geheimnisvollen Pezzanera gefunden. In der Tat steht im Umkreis von fünfzig Kilometern nur eine einzige Person mit diesem Familiennamen im Telefonbuch. Der Vorname lautet Michele, und er ist Notar.

Zweitens: Signora Zerbi hatte vergangenen Diens-tag, also zwei Tage nach unserer Ankunft, eine heftige Auseinandersetzung mit ihrem Sohn. Seitdem haben die beiden nach Aussage von Signorina Conticini nicht mehr miteinander geredet. Die Conticini hat das von Emma, die ja bei Signora Zerbi den Haushalt machte und an dem Tag genau im entscheidenden Moment hereinkam, als die Zerbi ihren Sohn als skrupellosen Gauner bezeichnete.

Signorina Conticini bezeichnet diesen Streit als nahezu beispiellos; das letzte Mal, dass Signora Zerbi den Sohn vor den Ohren der Öffentlichkeit gemaßregelt hat, liegt angeblich gut zwanzig Jahre zurück. Damals hatte sich der Filius gerade ohne Grund und auf ziemlich miese Art von seiner Verlobten Maria getrennt, derselben Maria, die jetzt mit Rolando Giaconi verheiratet ist. Langer Rede kurzer Sinn, ein solcher Eklat kommt nur alle Jubeljahre vor. Anders als bei den Castaldis, wo die Tochter dem Vater eine Szene macht, sooft der arme Mann betrunken aus der Bar kommt, also im Durchschnitt dreimal die Woche, oder bei einigen anderen krassen Familien, deren Reibereien ich dir erspare, obwohl ich sie mir den ganzen Abend lang anhören durfte.

Um auf unser Thema zurückzukommen: Mir scheint klar, dass wir es hier mit einem Fall mütterlicher Bestrafung zu tun haben, was auch immer der Grund dafür gewesen sein mag. Unser Reporterteam, mein lieber potenzieller Anstaltsinsasse, gelangt damit zu folgender Rekonstruktion der Fakten: Die werte Signora Zerbi hatte offenbar beschlossen, ihrem Herrn Sohn sein geliebtes Jagdrevier zu nehmen, das sich nämlich, soweit ich informiert bin, noch immer im Eigentum der Signora befand. Zu diesem Zweck nahm sie Kontakt zu einem Notar auf. Doch bevor sie zur Schenkung schreiten konnte, wurde die Signora ermordet, erstickt mit einem Kissen. Wäre da nicht der skrupulöse junge Wissenschaftler, der in der Casa Zerbi zu Gast war, so ginge das Ganze zweifellos als natürlicher Tod durch.

An diesem Punkt frage ich mich: Wo war Giulio Zerbi Palla, als seine Mutter umgebracht wurde? Verfügt er über ein Alibi?

Gute Nacht,

Margherita

P.S. Wer hat eigentlich gewonnen?

Piergiorgio las die Mail mehrmals durch, und dabei spürte er, wie sich in seiner Brust ein Triumphgefühl ausbreitete (tatsächlich kam das schlichtweg von einer leichten Anspannung des Zwerchfells und der daraus folgenden Verlagerung der Atmung in Richtung Schlüsselbein; aber Piergiorgio, der nicht rund um die Uhr den Arzt spielte, merkte davon nichts).

Was bisher eine bloße Hypothese gewesen war, der er keine übermäßige Bedeutung zu geben suchte, das wurde jetzt schon fast allzu greifbar.

Nachdem er ein paarmal tief durchgeatmet hatte, setzte sich Piergiorgio wieder an den Computer und erzählte Margherita etwas, das ihm schon morgens aufgefallen war.

Als ich heute Vormittag mit den Blutproben weitermachte, bekam ich es just mit der Familie Giaconi zu tun. Ich weiß nicht, ob du sie körperlich vor dir siehst. Falls nein: Rolando und Maria Giaconi sind die beiden breitschultrigen Exemplare, die bei der Beerdigung neben dem Maresciallo saßen, in derselben Bankreihe.

Die Blutentnahme, schrieb Piergiorgio weiter, sei unproblematisch verlaufen; offen gestanden, habe er bei Andrea die eine oder andere Schwierigkeit befürchtet, in Anbetracht seines ausgezehrten Gesichts, der Riesenzähne mit den großen Zwischenräumen und der schwächlichen Konstitution eines Jungen, der zu viel für die Schule tut und nicht genug spielt. Aber nein, keinerlei Komplikationen bei ihm, so wie es auch bei Rolando keine gegeben hatte, der seiner kräftigen Gesichtsfarbe und dem kühnen Pulsieren der Oberarmarterie nach einen Blutdruck von mindestens hundertzehn haben musste. Und auch die Mutter hatte keine Probleme verursacht, eine gesunde, sympathische Frau mit einem liebenswürdigen Lächeln.

Genau, ein liebenswürdiges Lächeln und gesunde Zähne. Gesund und regelmäßig, ohne Zwischenräume. So wie auch die Zähne des Familienoberhaupts regelmäßig waren, wenngleich sie auch nicht sehr gesund aussahen.

Die Schneidezähne ohne Zwischenraum.

Dieser Zwischenraum (fachsprachlich Diastema) galt lange als von einem einzelnen Gen bestimmt, also ganz klassisch nach Mendel. Und er galt als dominantes Merkmal, eng stehende Schneidezähne dagegen als rezessiv. Mit anderen Worten, man glaubte unter Anwendung der mendelschen Regeln, wenn beide

Eltern über eng stehende Schneidezähne verfügten, könnten sie keine Kinder bekommen, bei denen die Zähne einen Zwischenraum aufweisen.

Seit einiger Zeit weiß man, dass das ein Irrtum war: Körperliche Merkmale dieser Art sind so gut wie nie Ausdruck eines einzelnen Gens, und sie als ausschließlich dominant oder rezessiv zu betrachten, wäre falsch. Aufgrund meiner Ausbildung weiß ich das. Aber wusste es auch Signora Zerbi?

Anders herum ausgedrückt: Signora Zerbi könnte die Tatsache aufgefallen sein, dass Andrea Giaconi weit auseinanderstehende Zähne hat, genau wie ihr Sohn. Während keiner der angeblichen Elternteile über ein Diastema verfügt, weder Maria noch Rolando.

Ich formuliere einmal folgende These zum Hergang: Abends hört Signora Zerbi, wie ich von den mendelschen Regeln spreche, und sieht, wie ich die Familien auflıste, die an unserem Experiment teilnehmen werden. Darunter auch die Familie Giaconi. Wir wissen inzwischen, dass Signora Zerbis Sohn in der Jugend eine Beziehung mit Maria hatte, die jetzt mit Rolando Giaconi verheiratet ist. Nehmen wir einmal an, diese Beziehung wäre niemals abgebrochen und Andrea der uneheliche Sohn von Giulio Zerbi. Nehmen wir des Weiteren an, dass seiner Mutter das während der Präsentation klar geworden oder sie zu diesem Schluss gelangt ist. Angesichts der zahlreichen Seitensprünge, die Signora Zerbi in ihrem Leben ertragen musste, wäre es nicht verwunderlich, wenn sie über eine außereheliche Beziehung des Sohnes in blinde Wut geriete. Daher die Entscheidung, ihrem Sohn sein Lieblingsspielzeug, das Jagdrevier, wegzunehmen, mutmaßlich durch Schenkung an die Gemeinde. Diese Hypothese scheint mir mit allem kompatibel zu sein, was wir bisher festgestellt haben. Kompatibel heißt leider noch nicht, dass es auch wahr wäre. Wir müssen also irgendwie herausfinden, ob Giulio Zerbi Palla ein wasserdichtes Alibi hat und ob er wirklich keine Gelegenheit hatte, das Haus seiner Mutter zu erreichen. Ich denke, am Besten informieren wir den Maresciallo über das alles.

Margheritas Antwort ließ eine Weile auf sich warten, während Piergiorgio ein ums andere Mal im Kreis herumlief, so wie Onkel Dagobert in den Comics, die er als Kind gelesen hatte.

Gut, lieber ex-potenzieller Sträfling,
das klingt ja alles plausibel, was deine Lage deutlich verbessert. Wenn wir allerdings den Maresciallo in unsere Recherchen einweihen wollen, dann werden wir behutsam vorgehen müssen. Ich weiß nicht, ob dir das aufgefallen ist, aber die Bedingungen der Anklage, die wir da aufbauen, haben einen unangenehmen Nebenaspekt: Damit uns der Maresciallo glaubt, müssen wir ihn davon überzeugen, dass seine Tochter es mit der ehelichen Treue nicht allzu genau nimmt. Und ob das ein gangbarer Weg ist, da habe ich meine Zweifel.

Piergiorgio las, las und las auch noch ein drittes Mal. Dann rang er sich dazu durch, um Aufklärung zu bitten.

Entschuldige, das verstehe ich nicht. Was hat denn die Tochter des Maresciallo damit zu tun?

Die Aufklärung kam postwendend.

Maria. Maria, Giaconis Frau, ist die Adoptivtochter des Maresciallo. Er hat ihre Mutter geheiratet, als die Tochter bereits auf der Welt war. Was glaubst denn du, warum sie in der Kirche in derselben Bank sitzen?

Piergiorgio brauchte eine Sekunde, um zu antworten.

Ja, Himmel, was weiß denn ich. Wenn mir keiner was erzählt, kann ich es mir auch nicht selbst zusammen-reimen …

Freitagmorgen

In einem kleinen Dorf hat man die Gewohnheiten der Menschen schnell erfasst. Umso mehr, wenn man, wie Margherita dank ihrer Arbeit im Pfarrarchiv, über einen regelmäßigen und privilegierten Aussichtspunkt verfügt, in ihrem Fall das Pfarrhaus.

Für unser unwahrscheinliches Ermittlerpaar war inzwischen also ersichtlich, dass es einen festen Kreis von regelmäßigen Kirchenbesuchern gab, die geradezu granitene Angewohnheiten an den Tag legten, vor allem im Team: so die Gruppe vom Rosenkranz, die sich täglich um sechs Uhr abends versammelte, um ihr Mariengebet abzuspulen, mit metronomischer Präzision und in einer Zeit von unter zwölf Minuten, um anschließend wieder zu den häuslichen Pflichten zurückkehren zu können.

Derartige Leistungen kann eine Mannschaft nur vollbringen, wenn die athletischen Grundlagen des Einzelnen jeden Tag trainiert werden; und tatsächlich suchten die Rosenkränzlerinnen die Kirche auch allein auf, eine jede im eigenen Rhythmus. Die einen pflichtbewusst (unsere Frau Bürgermeister, die jeden Freitagmorgen zur Beichte geht, nur heute hat sie gefehlt), die anderen eifrig (Emma, die jeden Tag ein paar Stunden damit verbringt, an der Orgel zu üben und die Chorgesänge für den Sonntag vorzubereiten), wiederum andere in paradoxer Weise (Signorina Conticini, die als ständige halboffizielle Mitarbeiterin im Einsatz ist, frische Blumen bringt, die Bänke wienert und Pater Benvenuto damit auf die Nerven fällt, dass Pater Kene die Wörter falsch betont, die Beichte nicht korrekt abnimmt und beim Rosenkranz zu sehr trödelt).

»Was übrigens völliger Stuss ist«, erklärte Margherita. »Pater Kene spricht hervorragend Italienisch. Besser als so mancher Einheimische.«

»Stimmt. Aber der Traum einer Klatschbase ist nun einmal, an jedem etwas aussetzen zu können, dessen Nase ihr nicht gefällt. Ohne Pater Kene hätte die Conticini ja kaum noch Grund, in die Kirche zu gehen.«

»Und da wäre sie nicht die Einzige.«

Piergiorgio sah Margherita fragend an.

»Du müsstest mal sehen, wie Emma ihn mit Blicken verschlingt.«

»Ach ja. Mir war ganz entfallen, was er für ein schöner Mann ist.«

»Das zweifellos. Aber nicht nur. Ich habe da so ein Gefühl, und mit Gefühl meine ich: Ich würde die Hand dafür ins Feuer legen, dass die beiden einander ziemlich gut finden.«

Piergiorgio stellte sich einen Augenblick lang Emma vor, ihre selbst gestrickten Pullover, die sie über einem weißen Rollkragenpulli aus leichter Wolle trug, und darunter schienen diverse Schichten weiterer Flanellstoffe durch. Also, wenn die mal einer nackt sehen wollte, hatte er vorher einiges zu leisten.

Und Piergiorgio als Mann fing an zu überlegen, ob das vielleicht nicht doch den Aufwand wert wäre. Damit wir uns richtig verstehen: Wir sprechen hier von einem Mann um die dreißig, der seit einigen Monaten nicht mehr zum Zug gekommen ist, Abstinenz spielte also auch eine Rolle, aber das war nicht alles. Während er sich die junge Frau immer wieder ansah, Tag für Tag, entstand in Piergiorgio der Eindruck, dass Emma vielleicht gar nicht so schüchtern und spröde war, wie es auf den ersten Blick aussehen mochte. Möglicherweise wollte sie einfach nicht auffallen. Manchmal braucht es da nicht viel.

»Ach, komm. Emma und der schöne Priester.« Piergiorgio lachte auf. »Findest du das nicht ein wenig zu romanhaft?«

»Eigentlich hasse ich solche Sprüche ja« – Margherita tippte Piergiorgio auf den Handrücken –, »aber verlasse dich mal auf die weibliche Intuition. Diese Geschichte ist für mich sonnenklar. Es gibt da allerdings etwas anderes, aus dem ich nicht so ganz schlau werde.«

Und damit nahm sie die Hand wieder weg, zu Piergiorgios höchstem Bedauern.

»Und das wäre?«

»Mir wird nicht klar, was den Kerl hierher verschlagen hat. Er ist gebildet, redet hervorragend, man merkt, dass das einer ist, der eine gute Ausbildung genossen hat. Angeblich hat er zwei Abschlüsse. Dann hatten wir neulich mal eine Diskussion über den heiligen Augustinus, und ich kann dir versichern, er kennt sich wirklich aus. Mich wundert, dass jemand, der so viel kann und ja auch von einem anderen Kontinent kommt, ausgerechnet in

so einem Kaff landet, wo mehr Wölfe als Menschen rum-
laufen würden, wenn sie die nicht alle umgelegt hätten.
Stimmt irgendetwas nicht?«

»Doch, doch, entschuldige. Ich habe nur gehofft, was
du da erzählst, hätte irgendwie mit unserem kleinen Problem zu tun.«

»Ach so. Na, jetzt verzweifle mal nicht. Da kommt
auch schon unser Zielobjekt aus der Deckung. Jetzt bist
du dran, 007.«

Aus dem Türchen zum Pfarrhaus etwa zwanzig Meter
weiter trat Pater Kene im eng anliegenden schwarzen
Sportdress und mit knallorangen Laufschuhen. Als Piergiorgio ihn sah, stand er auf, schloss den Reißverschluss
seiner Laufjacke und begann mit ein paar kleinen Stretching-Übungen.

»Ich hoffe, das bringt uns irgendwie weiter. Ich werde
nachher jedenfalls mal versuchen, mit dem Bürgermeister zu reden.«

Auch Piergiorgio hatte seine Gewohnheiten nach und
nach an die örtlichen Gegebenheiten angepasst. Und so
war aus dem Morgenlauf ein Mittagslauf geworden, teils
weil die Blutentnahmen frühmorgens stattfanden, teils
weil wirklich eine Mordskälte herrschte. Die neue Rou-
tine hatte sich vor etwa einer Woche etabliert, sodass der
Plan, den Piergiorgio und Margherita ausgeheckt hatten,
nicht ganz so unnatürlich wirken musste: Piergiorgios
Laufzeiten auf die von Pater Kene abzustimmen und zu
sehen, ob es Piergiorgio gelang, den Priester einzuholen
(oder, was wahrscheinlicher war, von ihm eingeholt zu

werden) und ihn ein wenig auszuhorchen über seine Schäfchen im Allgemeinen und über Giulio Zerbi im Besonderen. Womöglich bekam er aus ihm ja etwas heraus, das ihm weiterhalf. Und so war es tatsächlich.

Während Piergiorgio den Blick auf die Bäume genoss und spielerisch versuchte, die Szenerie in den Nebel seiner Atemwölkchen zu tauchen, hörte er, wie samtige, vertraute Schritte näher kamen. Hoffnungsvoll änderte er seinen Laufweg um ein paar unmerkliche Zentimeter und beschleunigte dabei das Tempo, vielleicht bekam der Prälat ja Lust, ein Stückchen langsamer zu laufen und sich ein wenig zu unterhalten.

Und in der Tat, anstatt ihn zu überholen, bremste Pater Kene leicht ab und lief neben ihm weiter. Nachdem er ihn einige Sekunden eingehend gemustert hatte, hob der Geistliche einen Finger.

»Wenn Sie gestatten, würde ich Ihnen gerne etwas sagen.«

Piergiorgio lächelte in sich hinein. Äußerlich ließ er sich nichts anmerken, schon weil ihm die Gangart, die er aufrechterhalten musste, keine weiteren Anstrengungen ermöglichte. Bemüht, Stimme und Schnaufen zu koordinieren, sagte er: »Ich bitte darum.«

»Sie machen da etwas falsch. Ich hoffe, Sie finden das jetzt nicht unverschämt von mir, aber ich denke schon eine Zeit lang darüber nach, und jetzt, als ich Ihnen zugesehen habe …«

Pater Kene sprach leise, aber in normalem Sprechtempo. Piergiorgio hielt die Augen nach vorne gerichtet und versuchte, ihn zu ermuntern.

»Nein, woher denn. Im Gegenteil. Sagen Sie ruhig.«

»Sie heben die Füße nicht genug vom Boden ab.«

»Was?«

»Sie heben die Füße zu wenig. Sie treten sehr fest auf, anstatt die Straße zu liebkosen. Das kostet Sie Energie, die in den Boden fließt, anstatt Sie nach vorne zu bringen. Die Füße sollten den Boden nur leicht berühren, nicht dagegenschlagen, als wäre er eine Trommel.«

»Aha.«

»Zu diesem Zweck müssen Sie die Füße weit nach hinten heben. Die Bewegung endet erst auf Höhe des Gesäßes. Bei Ihnen erreicht sie noch nicht einmal die Knie. Wenn Sie das ändern, machen Sie locker zwanzig Sekunden pro Kilometer gut. Sehen Sie mir mal zu.«

Ohne erkennbare Mühe erweiterten die Beine des Priesters ihren Radius und begannen so durch die Luft zu wirbeln, dass die Füße den Asphalt kaum noch berührten und tatsächlich bis zum Gesäß hochschnellten. Welchselbes binnen weniger Sekunden aus Piergiorgios Sicht verschwunden war und ihn allein zurückließ, keuchend.

Lange nachdem ihn der Priester hinter sich gelassen hatte, lief Piergiorgio wehmütig die Straße entlang, die im weiten Bogen um das Dorf herumführte, bei einem Tempo von 5:20 Minuten pro Kilometer. Da hörte er abermals eine Bewegung hinter sich. Bevor er sich umdrehte, dachte er: Wenn mich Pater Kene jetzt auch noch überrundet, setzt es ein Tackling auf Knöchelhöhe. Dann blickte er hinter sich.

Und sah einen Sprung Damwild, das hinter ihm die Straße überquerte, in schmaler Reihe und mit wedelnden Schwänzen.

Piergiorgio verlangsamte seine Schritte und blieb schließlich ganz stehen.

Auf der anderen Seite der Straße verloren sich die Tiere im Gehölz. Doch einige Sekunden später sah Piergiorgio, wie ein kleiner Damhirsch hinterherkam, sich umsah und auf der Suche nach Essbarem den Asphalt beschnupperte.

Während Piergiorgio nach seinem Handy kramte, um ein Foto zu machen, tat er einen Schritt auf das Tier zu. Das bei diesem Geräusch den Hals reckte, den Menschen erblickte und mit drei schnellen Sprüngen Reißaus nahm.

Na klar. Das war mal wieder typisch für dieses Dorf. Treten im Rudel auf, ignorieren dich. Und wenn du mal einen allein erwischst, dann sucht er das Weite.

»Na, haben Sie eine gute Runde gedreht?«

Der Bürgermeister blickte in den Lauf seines Gewehrs, befand ihn für sauber genug und steckte die Bürste weg.

»War nicht schlecht.«

»Ich gehe auch gelegentlich rennen. Am Morgen. Dann bin ich für den ganzen Tag in Form. Nachmittags und abends mache ich das nicht so gerne. Da zerhackt es mir nur den Tag. Es gibt so viel zu erledigen, dass es einfach zu aufwendig wäre, sich umzuziehen, zu rennen, zu duschen und was nicht noch alles ...«

»Ich habe unterwegs ein Rudel Damhirsche gesehen.«

Der Bürgermeister hob den Kopf. »Ach ja? Wo denn?«

»Oben bei der Villa des Marchese. Fünf große und einen jungen.«

»Können Sie mir die näher beschreiben?«

»Na ja, es waren halt Damhirsche ...«

»Welche Farbe?«

»Also, die waren alle grau gefleckt, bis auf einen, der war schwarz, mit einem ziemlich großen Geweih ...«

»Wie groß war der, der Schwarze?«

»Hm, vielleicht so ...«

Piergiorgio hob die Hand etwa achtzig Zentimeter über Bodenhöhe.

»Na, das ist mir ja eine schöne Nachricht. Neulich morgens war ich über sechs Stunden draußen, aber gesehen habe ich überhaupt nichts. Und Sie gehen mal kurz laufen und sehen einen ganzen Sprung. Aber da kann man nichts machen. Wer Hunger hat, hat kein Brot, und wer Brot hat, dem fehlen die Zähne.«

Der Bürgermeister nahm einen kleinen Stock, wickelte einen Lappen darum und fuhr behutsam fort, den Gewehrlauf zu säubern.

Da fasste sich Piergiorgio ein Herz.

»Ich müsste mal mit Ihnen reden.«

Der Bürgermeister nickte bedächtig.

»Irgendwie war mir das klar.«

Der Dorfbewohner Nummer eins schob weiter den Stab im Gewehrlauf hin und her, ohne eine Miene zu verziehen.

»Vielleicht erinnern Sie sich, dass ich an diesem Morgen, also, dass ich, kurz nachdem ich ins Wohnzimmer

gekommen war, einen Anruf für Signora Zerbi angenommen habe.«

»Ja, ich erinnere mich. Von einem Cappanera oder
so.«

»Pezzanera, um genau zu sein.«

»Ja, richtig. Pezzanera. Jetzt weiß ich's wieder.«

Der Bürgermeister legte den Stab beiseite, begutach-
tete zum x-ten Mal den Lauf und legte sich das Gewehr
über die Beine.

»Um es kurz zu machen, Margherita kennt sich mit
Namenskunde aus, und der Familienname Pezzanera ist
in diesem Teil Italiens ziemlich selten. In einem Umkreis
von fünfzig Kilometern von hier gibt es einen einzigen
Pezzanera. Einen Notar.«

»So so.«

Der Bürgermeister zog eine Zahnbürste hervor und
begann, damit ganz behutsam den Schlagbolzen zu putzen.

»Dieser Notar sagte mir damals am Telefon, er müsse
wegen des Schnees einen Termin verschieben. Also ganz
konkret: Am Morgen, an dem Signora Zerbi tot aufgefunden wurde, hatte sie einen Notartermin. Nun habe ich
mich natürlich gefragt ...«

Der Bürgermeister nickte langsam. Er nahm eine
kleine Dose, sprühte etwas Öl auf, wischte die Waffe ab
und klappte sie dann mit entschlossenen Bewegungen
zu.

»Sicher. Die Vermutung liegt nahe, dass es da einen
Zusammenhang mit Annamarias Tod geben könnte. Das
muss der Maresciallo erfahren. Soll ich mitkommen?«

Trotz des fragenden Tons handelte es sich um keine Frage.

»Ja. Wenn das möglich ist, gerne.«

»Hallo, spreche ich mit Dr. Pezzanera? Ah ja, guten Tag. Mein Name ist Maresciallo Zandonai vom Carabinieri-Posten von Montesodi Marittimo. Ja, richtig. Ich würde mit Ihnen gerne einen Termin vereinbaren, um Ihnen ein paar Fragen zu stellen ...«

Kurzes Schweigen, in dessen Verlauf der Bürgermeister Piergiorgio ansah und ihm langsam, fast unmerklich zunickte. Im selben Moment zog ein Ausdruck von plötzlicher Aufmerksamkeit auf das Gesicht des Maresciallo.

»Ja. Ganz genau. Einstweilen können Sie mir also telefonisch bestätigen, dass Signora Zerbi Palla Sie aus beruflichen Gründen kontaktiert hatte.«

Kurzes Schweigen, das der Bürgermeister dadurch unterstrich, dass er Daumen und Zeigefinger zusammenführte, als ob er sagen wollte: »Genau wie wir dachten.«

»Nein. Natürlich, nicht am Telefon. Ich müsste Sie allerdings so bald wie möglich sehen ... Ja, sicher. In einer halben Stunde können Sie mich hier antreffen, keine Frage. Dann erwarte ich Sie. Vielen Dank für Ihre Hilfsbereitschaft.«

Der Maresciallo beendete das Gespräch, legte die Hände über dem Schreibtisch zusammen und musterte die beiden vor ihm unverwandt. Als Erstes sprach der Bürgermeister.

»Also, bedanken könntest du dich schon.«

»Dr. Pazzi, Sie waren mir eine große Hilfe. Der Notar, Signor Pezzanera, kannte die Verstorbene tatsächlich und hatte für Montagmorgen einen Termin bei ihr. Also, meine Herren. Wenn Sie mich jetzt entschuldigen wollen ...«

»Immer mit der Ruhe, Alvise. Wir verdrücken uns gleich und lassen dich deine Arbeit machen.«

»Ich weiß, das war etwas ruppig von mir«, sagte der Bürgermeister. »Aber Tatsache ist, lieber Dr. Pazzi, dass der gute Maresciallo Sie als möglichen Mörder verdächtigte. Und es war ein ganz schöner Aufwand, ihn davon zu überzeugen, dass Sie keinerlei Grund hatten, Signora Zerbi übel zu wollen. Keinerlei Motiv. Er hat von seinem Verdacht erst Abstand genommen, als ich ihm sagte, dass ich Sie bei mir unterbringen würde. Ich werde ihn nachher mal anrufen, um mich zu entschuldigen. Und unter diesem Vorwand kann ich ihn gleich fragen, was ihm der Notar wohl sonst noch gesagt hat.«

Der Bürgermeister und Piergiorgio gingen Seite an Seite nach Hause.

»Glauben Sie, dass er's Ihnen verraten wird?«, fragte Piergiorgio.

»Na und ob. Ich würde ihn nicht danach fragen, wenn ich nicht sicher wäre, dass ich eine Antwort bekomme. Der gute Alvise ist jetzt auch schon seine dreißig Jahre hier. Ich kenne ihn, als wäre er einer der Unseren.«

»Der Maresciallo ist nicht von hier?«

»Ach was. Er stammt aus einem Dörfchen im Veneto, so einem gottverlassenen Nest. Trebaseleghe, wenn ich mich nicht irre. Er ist frisch nach seiner Ernennung hier hereingeschneit, am Tag nachdem Italien Weltmeister wurde, das werde ich nie vergessen. Seine erste Amtshandlung bestand darin, in der Apotheke ein Antibiotikum für Maria zu kaufen, die Tochter von Teresa. Das war so eine minderjährige Mutter, eine von denen, die selbst schon wütend zur Welt gekommen sind. Der konnte es niemand recht machen, sie traute keinem über den Weg.«

Der Bürgermeister fing an, einen Kiesel vor sich her zu kicken.

»Also musste man ihr das Zeug per Carabiniere zukommen lassen, damit es so aussah, als wäre es eine Sozialleistung. Und da war irgendwann Alvise dran, ihr Bactrim zu bringen. Am nächsten Tag hat er ihr dann Brühe, Wein und Fladenbrot gebracht. Und drei Monate später brachte er ihr einen Ring und steckte ihn ihr an den Finger. Teresa hat sich dadurch ziemlich verändert, Maria auch.«

»Das ist ein Draufgänger, was?«

»Eine Nervensäge, sagen Sie's ruhig. Er ist schon ein guter Mann, aber am Anfang war er nicht zu ertragen. Man muss zugeben, dass er sich bald eingelebt hat. Umso mehr, als er hier nie viel zu tun hatte. Die eine oder andere Streiterei, der eine oder andere Familienvater, dem zu oft die Hand ausrutscht. Manchmal fällt ihm ein, dass er der Maresciallo ist, das gefällt ihm dann. Man muss Geduld haben. Solange man ihn richtig zu nehmen weiß und er sich wichtig fühlen darf …« Mit einem zielsicheren Tritt beförderte der Bürgermeister den Kiesel in einen Schneehaufen. »Von mir aus höre ich mir auch an, welche seine Lieblingsfarbe für Unterhosen ist.«

Piergiorgio hatte in der Zwischenzeit weiter nachgedacht, und als er jetzt sprach, war es passiert.

»Mhm. Aber warten wir ab, was die Schenkung vorsieht. Auch wenn ...«

Auch wenn ich ein Vollidiot bin. Der Teufel soll mich holen für all die Male, wo ich das Maul aufmache, ohne nachzudenken. Hoffentlich hat er's nicht gehört.

»Eine Schenkung?«

Tja.

Piergiorgio drehte sich zum Bürgermeister um. Nutzlos, es jetzt noch vertuschen zu wollen.

»Ja. Ich bin fast sicher, dass Signora Zerbi den Notar wegen einer Schenkung kontaktiert hat.«

»Und woher wissen Sie das, wenn ich fragen darf?«

Je weiter Piergiorgio in seiner Erzählung fortschritt, desto stärker runzelte der Bürgermeister die Stirn. Als er geendet hatte, schwieg sein Gegenüber für einen Moment.

»Das sollten Sie dem Maresciallo lieber nicht verraten.«

»Nein, bestimmt nicht.«

»Wenn er erfährt, dass Sie den Computer der Verstorbenen zurückgehalten haben, sperrt er Sie mit Bonacci in eine Zelle. Nicht ohne ihm vorher zu erzählen, Sie seien ein Juve-Fan. Und ich weiß nicht einmal, ob ich ihm das verübeln könnte.«

»Ist mir schon klar.«

»Dass da keine Missverständnisse aufkommen, ich kann Sie verstehen. Sie waren in einer beschissenen Lage. Sie wussten, dass Sie unschuldig sind, Sie wussten, dass der Maresciallo Sie für den Täter hält, und Sie sahen eine Möglichkeit, Ihre Unschuld zu beweisen. Aber dass Sie um Ihre Unschuld wissen und sich entsprechend verhalten, heißt noch nicht, dass auch alle anderen davon überzeugt wären. Auf menschlicher Ebene vielleicht schon, aber für den guten Alvise zählt die nicht viel.«

»Also, nach dem, was Sie mir vorher erzählt haben, scheint er doch kein schlechter Kerl zu sein ...«

»Überhaupt nicht. Ich kann Ihnen versichern, wenn er will, ist er ein herzensguter Mensch. Sofern es ihm passt, versteht sich. Als Erstes kommt die Familie. Aber er hat eben seine Arbeit zu tun, und dafür muss er die menschliche Ebene manchmal außer Acht lassen. So wie ein Chirurg oder ein Politiker. Natürlich hat man immer mal wieder unpopuläre Entscheidungen zu treffen, und dann verfluchen einen die Menschen dafür, dass man das Beste für sie will. Ein Kind muss man festhalten, damit es sein Antibiotikum schluckt, weil ihm das Antibiotikum nicht schmeckt. Aber ohne wird es nicht gesund.«

»Da haben Sie recht. Bei bestimmten Dingen kann man mit den Leuten einfach nicht reden.«

Der Bürgermeister hielt kurz inne.

»Dr. Pazzi, darf ich Ihnen einen Rat geben?«

»Na klar.«

»Sie haben da eine schlechte Angewohnheit, die Sie mit vielen Bürgern teilen. Sie sprechen immer von ›den Leuten‹.«

Piergiorgio schwieg, unsicher, was er dazu sagen sollte.

»Wissen Sie, ein Freund von mir aus Livorno hat immer gesagt: ›Die Leute, das sind die Menschen.‹ Hören Sie auf den Rat eines Politikers: Sprechen Sie nicht mehr von ›den Leuten‹. Sagen Sie ›die Menschen‹. Das mag spitzfindig klingen, ist es aber nicht, glauben Sie mir.«

»Nein, das glaube ich gar nicht mal …«

»Die Leute sind dumm, mit den Menschen kann man reden. Die Leute sind gleichgültig, die Menschen helfen dir. Oder sie drücken dir den Kopf unter Wasser, aber immerhin bleiben sie nicht unbeteiligt. Solange es einem gelingt, die anderen als Menschen zu denken, sie als Menschen zu sehen, gelingt es auch, selbst Anteil zu nehmen. Und genau deshalb überzeugt mich das mit Rom nicht. Dort wird Politik gemacht, bei der man nicht mehr berücksichtigen kann, was ich eben sagte.«

»Was haben Sie denn vor? Gehen Sie nicht nach Rom?«

»Oh doch, mein Bester. Ich gehe. Und ob ich das tue. Ich sollte wohl dazu sagen, dass ich bis vor wenigen Tagen aus bloßem Pflichtgefühl zugesagt hatte, sehr überzeugt war ich nicht. Es gab Tage, da dachte ich beim Aufwachen an ein Ja, am nächsten Tag dann wieder an ein Nein.«

»Und was hat Ihre Frau dazu gesagt?«

»Meine Frau? Die würde am liebsten morgen schon die Koffer packen, was glauben Sie. Meine Frau liebt Gesellschaft. Sie sehnt sich nach der Hauptstadt und nach Aperitifeinladungen. Ich dagegen wäre hier zufrieden. Oder besser gesagt, ich war es. Inzwischen, muss ich sagen, erleichtert mich der Gedanke, nach Rom zu gehen.«

Und das ist nur zu verständlich. Die Leute, das stimmt, sind die Menschen. Besonders in dem Dorf, in dem man geboren und aufgewachsen ist und in dem man jeden einzelnen Menschen kennt. Und jetzt ist einer davon ein Mörder.

Freitagabend

»Gut, Dr. Pazzi. Sie bestätigen mir also: Sie haben die Nacht von Sonntag auf Montag in Ihrem Zimmer im ersten Stock verbracht und waren dort allein von sechs Uhr abends bis sieben Uhr morgens, als Sie dann Signora Zerbi tot im Sessel fanden.«

»Genau. So ist es.«

»Da haben wir ein Problem.«

Maresciallo Zandonai erhob sich von seinem Stuhl, um zu rekapitulieren.

»Gehen wir das Ganze noch mal durch. Alle Beteiligten haben ein Alibi. Um das Ganze nicht zu verwirrend werden zu lassen, habe ich die Alibis einmal aufgelistet.«

Der Maresciallo deutete auf ein Schaubild an der Wand, eine in Kästchen unterteilte Tabelle. Die Zeilen in der Senkrechten listeten die Stunden des Tages auf, ein Kästchen pro Stunde, wie in einem dicken Taschenkalender. Die Säulen von links nach rechts zeigten sämtliche Personen, die Gelegenheit gehabt hatten, Signora Zerbis Haus zu erreichen. Die letzte Säule, überschrieben mit dem Namen »Giulio«, enthielt ein dickes Fragezeichen.

»Armando, ich meine, der Herr Bürgermeister, traf sich um vier mit Buccianti und Stelio zu einer außerordentlichen Stadtratssitzung. Um sechs machten sie sich ans Räumen. Um acht gingen sie zum Abendessen zu Armando, um neun haben sie dann draußen weitergearbeitet.«

Der Finger des Maresciallo folgte der Bewegung der kleinen Gruppe; der jeweilige Aufenthaltsort war in der Tabelle mit rotem Filzstift notiert, und zwar für jeden einzelnen Beteiligten.

»Als der Strom ausfiel, also um 10.44 Uhr, kehrte die Gruppe ins Haus des Bürgermeisters zurück. Noch weiter zu räumen, hätte keinen Sinn gehabt, und Stelio wie Buccianti konnten wegen des Schnees nicht zurück nach Hause. Die drei gingen also ins Warme und blieben auch zusammen. Bis drei Uhr morgens waren sie wach.«

Der Maresciallo tippte mit dem Finger auf die zweite Gruppe, deren Bewegungen in Grün beschrieben waren.

»Signora Viola, die Frau des Bürgermeisters, und Emma Caproni begannen um sechs mit den Vorbereitungen für das Abendessen. Um acht haben sie dann gegessen, und um neun gingen sie in die Kirche, um mit Pater Kenenisa den Rosenkranz zu beten.«

Die Bewegungen Pater Kenes, die bisher blau markiert gewesen waren, wurden von da an ebenfalls grün. Offensichtlich hatte der Maresciallo denjenigen, die einen bestimmten Zeitraum zusammen verbracht hatten, dieselbe Farbe zugewiesen.

»Pater Kenenisa und Don Benvenuto haben um halb sieben mit dem Gottesdienst begonnen, um halb acht zu Abend gegessen und anschließend die Kollekte gezählt. Um neun ist Don Benvenuto dann schlafen gegangen. Etwa fünf bis zehn Minuten später trafen Signora Viola und Emma ein, und Pater Kene betete mit ihnen den Rosenkranz. Als um 10.44 Uhr der Strom ausfiel, versuchten sie, die Kirche zu verlassen, und mussten feststellen, dass das nicht ging, denn dieser Spinner von Visibelli hatte zwar die Piazza geräumt, aber sämtlichen Schnee vor dem Kirchenportal aufgetürmt. Vermutlich um den Pfarrer zu ärgern. Der Ausgang durchs Pfarrhaus war da schon durch den Schnee blockiert.«

Der Maresciallo wandte sich Piergiorgio zu.

»Allem Anschein nach hatten Sie zwar als Einziger Gelegenheit, das Opfer zu erreichen, und Sie haben kein Alibi, aber Sie haben auch kein Motiv. Jedenfalls soweit uns das bekannt ist. Letztlich, Dr. Pazzi, hat mich Folgendes überzeugt: Wenn Sie geschwiegen hätten, dann hätte überhaupt niemand erfahren, dass Signora Zerbi eines gewaltsamen Todes gestorben ist. Weshalb ich für den Augenblick nicht glauben mag, dass Sie der Täter sind. Lassen Sie mich Ihnen die Lage dennoch bis zum Ende schildern.«

Der Maresciallo stand auf, griff zum Stift und fiel ins Dozieren.

»Signora Zerbi wurde im Schlaf ermordet. Der Autopsiebericht fällt diesbezüglich eindeutig aus. Die völlige Abwesenheit von Zeichen eines Kampfes lässt keine anderen Schlüsse zu, selbst wenn man die Schwäche des Opfers berücksichtigt. Signora Zerbi stand nicht unter Beruhigungsmitteln, auch Narkotika oder sonstige Substanzen, wie sie häufig eingesetzt werden, um das Opfer schläfrig zu machen, wurden bei ihr nicht nachgewiesen. Offenbar verfügte Signora Zerbis Mörder über Schlüssel zu ihrer Wohnung. Abgesehen von ihr selbst waren nur zwei Menschen im Besitz ihrer Schlüssel. Der eine sind Sie als Signora Zerbis Gast. Der zweite …«

Der Maresciallo legte die Hände zusammen.

»Wie gut kennen Sie Giulio Zerbi Palla, den Sohn des Opfers?«

»Ich bin ihm nur einmal begegnet. Nein, zweimal. Das erste Mal bei dem Abendessen aus Anlass der Präsentation unseres Projekts für die Dorfgemeinschaft, das zweite Mal bei der Beerdigung seiner Mutter.«

»Haben Sie jemals mit ihm gesprochen?«

»Nein. Kein Wort.«

Der Maresciallo nickte.

»Das deckt sich mit seiner Aussage. Dann wären da noch die Verbindungsnachweise. Weder haben Sie Giulio angerufen, noch er Sie. Eine etwaige Doppeltäterschaft nachweisen zu wollen, wäre schlichtweg lächerlich. Denn die einzige Person, Dr. Pazzi, die tatsächlich ein Interesse daran haben konnte, Signora Zerbi umzubringen, war ihr Sohn. Und der Zweite, der über Schlüssel zum Haus verfügte, war ebenfalls ihr Sohn.«

Der Maresciallo deutete ein weiteres Mal auf die grafische Darstellung, und Piergiorgio sah Giulios Bewegungen, die sich in jeder Hinsicht schwarz darstellten.

»Der Notar, Signor Pezzanera, hat mich gestern sehr ausführlich informiert. Er hat mir Unterlagen vorgelegt, denen zufolge Signora Zerbi die Schenkung eines Grundstücks namens *Le Fatte* eingeleitet hatte, ein Jagdrevier, das sich im Besitz der Familie befindet.«

Piergiorgio gab sich ungerührt und hoffte, dass es nicht auffiel, wenn seine Halsschlagader pulsierte wie ein Subwoofer.

»Offenbar hatte sie die Absicht, das Landgut der Gemeinde Montesodi Marittimo zu überschreiben.«

Der Maresciallo sah Piergiorgio an.

»Sie werden begreifen, Dr. Pazzi, dass sich mir dies als wahrer Racheakt gegenüber dem Sohn darstellt. Eine regelrechte Abstrafung. Umso mehr, als es in den Tagen vor Signora Zerbis Tod zwischen ihr und dem Sohn zu einigen Auseinandersetzungen gekommen war, eine davon recht heftig, wie ich durch eine Spontanaussage Signorina Conticinis erfahren habe. Ich habe mich daher gefragt, ob nicht vielleicht Sie, der Sie ja bei Signora Zerbi übernachteten, den Anlass dieser Streitigkeiten kannten.«

Na also. Auf geht's, Piergiorgio. Jetzt heißt es lügen, aber im Grunde tust du das ja nur, um die Wahrheit zu sagen.

»Signor Maresciallo, das ist eine etwas heikle Angelegenheit …«

»Ja, Dr. Pazzi. Mir ist klar, dass das heikel ist. Wie Sie sich denken können, gehe ich nicht davon aus, dass Signora Zerbi und ihr Sohn sich wegen der Leistungen der Fiorentina gekabbelt haben.«

Piergiorgio blieb stumm.

»Dr. Pazzi?«

»Ja, Maresciallo, entschuldigen Sie. Zunächst sollte ich vorausschicken, dass Signora Zerbi mir gegenüber gewisse Zweifel angedeutet hat, die ihr bezüglich des Sohnes gekommen waren. Ich kann Ihnen jedoch nur sagen, was die Verstorbene darüber dachte.«

Eher unwahrscheinlich, dass sie noch mal kommt und mich der Lüge zeiht.

Je weiter Piergiorgio in seiner Erklärung fortfuhr, desto mehr schien der Maresciallo zu vergessen, dass er eigentlich atmen müsste. Am Ende des Berichts war es gut, dass seine Lider zuckten, sonst hätte Piergiorgio wohl auch ihm die Schlagader abgetastet. Ein kurzer Moment verging, dann stützte der Maresciallo die Hände auf den Schreibtisch.

»Soll das heißen, meine Tochter hat Andrea außerhalb der Ehe empfangen?«

»Nein, nicht so schnell. Ich sage Ihnen nur, dass die verstorbene Signora Zerbi dies« – Piergiorgio schluckte – »zu glauben schien.«

»Sie haben mir doch gerade auseinandergesetzt, dass sich das aus der Genetik ergibt.«

»Lassen Sie mich das erklären. Aus wissenschaftlicher Sicht sind die Merkmale, die von einem einzigen Gen abhängen, in der Minderheit. Körperliche Merkmale wie auseinanderstehende Zähne, die Fähigkeit, die Zunge zu rollen oder dergleichen mehr werden nicht von einem, sondern von mehreren Genen bestimmt. Weshalb es möglich ist, dass zwei Eltern, von denen keiner in der Lage ist, die Zunge zu rollen, ein Kind zeugen, das über diese Fähigkeit verfügt. Und ebenso ist es möglich, dass ...«

»Ich habe verstanden. Sie können gehen.«

»Allerdings war Signora Zerbi eben zu der genannten Überzeugung gelangt. Ich habe versucht zu erklären ...«

»Ich bitte Sie, Dr. Pazzi, lassen Sie mich allein.«

Als Piergiorgio völlig durchgeschwitzt das Zimmer des Maresciallo verließ, blieb er einige Sekunden lang stehen und wartete darauf, dass ihm der eifrige Carrus die Sicherheitstür öffnete. Doch dann war er für einen Moment unaufmerksam und schaffte es nicht rechtzeitig zur Tür, die sich automatisch wieder schloss.

Während er kehrtmachte, um Carrus zu bitten, ihm noch einmal aufzumachen, hörte er die Stimme des Maresciallo:

»Hören Sie, Carrus, ich muss jetzt weg. Wenn jemand nach mir fragt, ich bin bei meiner Tochter.«

Drei Stunden später wusste das ganze Dorf, dass Andrea Giaconi der Sohn von Maria Zandonai und Giulio Zerbi Palla war.

Der Verdacht wurde dadurch ausgelöst, dass nach dem Besuch des Maresciallo bei Tochter und Schwiegersohn unmenschliche Schreie aus Rolando Giaconis Zimmer drangen. Die Stimme gehörte zweifellos Rolando, und was er sagte, war ohne Weiteres zu verstehen – allein schon deshalb, weil er sich auf die Kombination zweier völlig harmloser Wörter eingeschossen hatte, die immer wieder aus seinem Gebrüll heraustachen. Das erste bezeichnete, wo sie sich befanden. Das zweite lautete »-matratze« und setzte sämtliche Bewohner des ersteren davon in Kenntnis, dass Maria Zandonai aus Sicht ihres Mannes eine gottverdammte Dreckschlampe war.

Das Gerede der Leute, das einen solchen Verdacht rasch in Gewissheit verwandelt, übernahm den Rest.

»Und so«, sagte der Bürgermeister, während er sich den Grappa eingoss, den er jetzt nötig hatte, »kommt ein Schlamassel an den Tag, wovon einem schon die Hälfte reichen würde. Armer Giulio, ich beneide ihn wirklich nicht.«

»Ein falscher, verlogener Mensch«, sagte die Frau Bürgermeister, die gerade ins Esszimmer kam, mit einem Maronenkuchen groß wie ein Wagenrad.

»Ich habe nicht gesagt, dass es ihm nicht recht geschieht«, erwiderte der Bürgermeister, während er daran ging, sich ein ordentliches Stück von dem Kuchen abzuschneiden. »Ich sagte, ich beneide ihn nicht. Der Maresciallo verdächtigt ihn des Mordes, und die Frau weiß, dass er ihr untreu gewesen ist. Ricotta gibt es keinen mehr?«

»Sofort«, sagte Signora Viola und lief zurück in die Küche.

»Davon abgesehen, dass jetzt das gesamte Dorf weiß, was er für ein Arschloch ist«, nützte der Bürgermeister die Abwesenheit seiner Frau. »Wirklich keine beneidenswerte Lage, oder?«

»Nein, das kann man wirklich nicht sagen«, gab Piergiorgio zurück. »Aber wie soll er zum Haus seiner Mutter gekommen sein?«

»Über das Jagdrevier. Schwierig, aber nicht unmöglich. Danke, Schatz.« Der Bürgermeister servierte sich eine großzügige Dosis Ricotta und begann, sie auf dem

Kuchen zu verteilen. »Möchtest du dich nicht ein wenig zu uns setzen, anstatt hier den Verbindungsoffizier zur Küche zu spielen?«

»Nein, ich habe noch wahnsinnig viel zu tun«, sagte Signora Viola, die schon wieder auf dem Weg nach draußen war. »Jetzt habe ich auch noch Emma heimschicken müssen, die Ärmste konnte sich ja kaum auf den Beinen halten. Man merkt gar nicht, was eine Haushaltshilfe einem alles abnimmt, bis man mal ohne auskommen muss.«

»Was fehlt Emma denn?«, fragte Piergiorgio aus reiner Höflichkeit.

»Ihr geht es schon seit ein paar Tagen nicht gut. Kopfschmerzen, Müdigkeit ... die üblichen Frauenprobleme. Aber vor allem müsste das Mädchen endlich mal aufwachen. Oder besser gesagt, sie müsste ihren Eltern mal ordentlich die Meinung geigen und von zu Hause weggehen, bevor sie ihretwegen noch mehr Zeit verliert.«

»Die Eltern sind recht streng, oder?«

»Sagen Sie ruhig beschränkt. Wissen Sie, Emmas Bruder Giovanni ist wirklich keine Leuchte, armer Kerl. Aber weil er ein Mann ist und dazu auch noch der Erstgeborene, haben sie ihn auf die Universität geschickt. Man glaubt es nicht. Jetzt ist er neunundzwanzig und hat, soweit ich weiß, noch immer keinen Abschluss.«

»Ich hatte den Eindruck, das Mädchen ist gar nicht so ...«

»Dumm? Ach was, überhaupt nicht. Haben Sie sie schon Orgel spielen hören? Ich habe davon ja keine Scheißahnung«, nutzte der Bürgermeister heimtückisch die Abwesenheit seiner Frau. »Aber Annamaria, die sich bestens auskennt, meint, dass sie das ziemlich gut macht.«

»Tja, ich bin da auch kein Experte, aber es ist schon wahr, dass …«

»Sie ist halt einfach schüchtern. Sie redet nicht. Und auch wenn sie reden würde, die Familie würde ihr nicht zuhören. Aber schweifen wir nicht ab«, nahm der Bürgermeister den Faden wieder auf, Emma interessierte ihn nicht. »Ich wollte Ihnen gerade erklären, dass es bei dem Wetter vielleicht schwierig gewesen ist, durch das Jagdrevier in den oberen Teil des Dorfes zu kommen, aber sicher nicht unmöglich.«

»Sie glauben also, Giulio Zerbi habe mitten in der Nacht sein Jagdrevier durchquert, bei anderthalb Metern Schnee, um seine Mutter umzubringen?«

»Irgendwie muss er es ja angestellt haben«, sagte Signora Viola, die gerade wieder hereinkam und Piergiorgio eine randvolle Schüssel Ricotta hinstellte. »Wenn nicht er, wer soll es dann gewesen sein?«

»Da haben Sie schon recht …«, sagte Piergiorgio. »Sie kennen sich doch hier aus. Wüssten Sie rein theoretisch, welchen Weg man nehmen muss?«

»Rein theoretisch ja. Man müsste schauen, wie viel Schnee an bestimmten Stellen liegt. Ich sage nicht, dass es einfach wäre«, erwiderte der Bürgermeister. »Aber mit guter Kenntnis des Grundstücks und bei Vollmond gibt es mindestens zwei Möglichkeiten.«

»Unmöglich.«

»Bist du sicher? Du schließt das aus?«

»Kategorisch.«

Nachdem er die Beine auf dem Sitzkissen überkreuzt hatte, steckte Dr. Biagini die Pfeife in den Mund und vervollständigte so die Karikatur des Landarztes, die er mit seinem Kordsamtjackett und dem gutmütigen Gesicht ohnehin schon abgab.

»Giulio rief mich am Donnerstag an, weil er in der Nacht einen Anfall gehabt hatte. Ein klassischer Fall. Er fluchte über die Schmerzen, schon der leichteste Luftzug machte ihm zu schaffen. Als ich am Montagabend noch mal bei ihm vorbeisah, ging es ihm viel besser, aber ganz erholt hatte er sich noch nicht.«

Der Bürgermeister sah Piergiorgio an, der bestätigte: »Gichtanfälle bringen schreckliche Schmerzen mit sich. Ein akuter Schub dauert in der Regel etwa eine Woche. Und während dieser Zeit geht es dem Patienten wirklich nicht gut.«

»So schlecht, dass er nicht laufen kann?«

»So schlecht, dass er überhaupt nichts kann. Wenn das Gelenk am Montag hyperämisch war, ist ausgeschlossen, dass er sich Sonntagnacht auch nur die Schuhe angezogen hat.«

»Typisch Arschloch«, bemerkte der Bürgermeister. »Schlägt noch aus einem Gichtanfall Profit. Und was jetzt?«

»Jetzt verabschieden wir uns von dieser Möglichkeit«, sagte der Arzt mit einem leichten Kopfnicken. »Ich war gerade beim Maresciallo, gleich nachdem Giulio mich angerufen hatte. Mir ist schon klar, dass Giulio Zerbi der Einzige war, der ein wirkliches Motiv hatte, seine Mutter zu ermorden, und dass der Maresciallo sich ihn als eine Art Superman ausgemalt hat, wie er mitten in der Nacht sein Landgut durchquert ...« Der Arzt zog unentschlossen an seiner Pfeife. »Aber wenn er keinen Auftragskiller angeheuert hat, kann er es nicht gewesen sein. Völlig ausgeschlossen.«

Freitag, spät nachts

»Völlig ausgeschlossen?«

»Völlig ausgeschlossen.«

Piergiorgio und Margherita saßen auf ihrem gewohnten Stein und sahen sich die Sterne an.

»Du weißt, dass das nur eines heißen kann.«

»Ja, ich weiß. Dass jemand lügt.«

Margherita senkte und hob langsam das Kinn.

»Genau. Jetzt können wir eigentlich nur noch eins machen.«

»Wir?«

»Ja, wir. Du und ich. Weißt du, morgen ist unser letzter Tag in Montesodi, und ich lasse ungern etwas unabgeschlossen.«

Ich auch nicht. Aber ich fürchte, wir denken hier nicht an dasselbe.

»Also, ich würde Folgendes vorschlagen. Wir gehen das alles noch mal genau durch. Wie früher am Tag vor der Prüfung. Wir gehen hin und fangen noch mal ganz von vorne an. Fakten, Zeiten. Und dann schauen wir, ob etwas nicht zusammenpasst.«

»Wenn du magst, gerne.«

Um mit dir zusammen zu sein, tu ich, was du willst.

»Wieso, magst du etwa nicht?«

»Ach, weißt du, ich bin ja jetzt nicht mehr Gegenstand der Ermittlungen oder verdächtig. Eigentlich könnte mir das alles auch egal sein.«

Manchmal kann auch Stille viel ausdrücken.

Noch wenige Sekunden zuvor hatte Piergiorgio ganz klar Margheritas Atem wahrgenommen, wie er langsam und regelmäßig ging. In diesem Moment hörte er auf, ihn zu spüren.

Nach ein paar Augenblicken, die Abwesenheit von Geräuschen wurde schier unerträglich, füllte Piergiorgio die Leere.

»Stimmt irgendwas nicht?«

»Da könntest du auch selbst draufkommen.«

»Wie bitte?«

»Na, überleg mal. Solange eine Anklage gegen dich im Raum stand, war die Sache das größte Problem des Universums. Und jetzt, na ja, was soll's. Anderer Leute Problem. Hast du dich schon mal gefragt, wie das wäre, wenn alle so drauf wären wie du?«

»Na, ich habe ja keinen umgebracht. Die Welt wäre dann wohl ein besserer Ort.«

»Erlaube mir zu bezweifeln, dass du noch keinen umgebracht hast. Schließlich bist du Arzt. Und was dein Verhalten angeht, spreche ich davon, dass dir sonstwo vorbeigeht, was sechs Zentimeter weit von dir passiert, solange es dich nicht direkt betrifft. Aber wenn du es bist, der in der Scheiße sitzt, dann ist dir jede Hilfe recht.«

»Falls du mich hier als Egoisten hinstellen willst, bist du, glaube ich, an der falschen Adresse. Ich bin kein gleichgültiger Mensch, nur um das mal klarzustellen.

Aber ich helfe halt nur dann, wenn mich einer fragt. Direkt und ohne herumzulavieren. Ich bin Arzt und kein Polizist.«

»Ach, du auch nicht?«

»Wie meinst du das?«

»Ich hatte mich gefragt, ob nicht wenigstens du versuchen könntest, die Ermittlungen fortzusetzen, nachdem Maresciallo Zandonai sie eingestellt hat.«

»Ich kann dir nicht folgen. Was hätte der Maresciallo denn tun sollen? Er hat doch ermittelt.«

Margherita sah Piergiorgio an.

»Wurdest du je von der Polizei oder von den Carabinieri verhört? Ich meine, vor dieser Woche?«

»Nein.«

»Ich schon.«

Eine Leerstelle, durch die Piergiorgios Neugier durchschien, der allerdings gleich Genüge getan wurde.

»Kinderkram. Eine Demo im letzten Jahr auf dem Gymnasium. Wir hatten ein paar 68er-Dokus zu viel gesehen und hielten uns für besonders schlau. Jedenfalls haben sie mich verhört. Und ich erinnere mich, dass der Typ, der uns befragte, nicht gerade auf Gemütlichkeit aus war. Er fiel einem ständig ins Wort, man bekam die Sätze praktisch halb fertig aus dem Mund gerissen. Alle naselang wechselte er das Thema. Dann ließ er dich fünf Minuten lang reden, aber wenn er selbst wieder anfing, war es, als hätte er dich nicht gehört. Und man roch meilenweit gegen den Wind, dass er einem kein Wort glaubte, noch nicht einmal die Angaben zu Alter und Geburtsort.«

Margherita seufzte.

»Dass das so gemacht wird, hat einen Grund. Und es gibt dafür klare Prinzipien. Wer dich verhört, muss dich zum Reden bringen. Je mehr du redest, desto tiefer reitest du dich rein. Also darf man niemals Fragen stellen, auf die sich mit einem einfachen Ja oder Nein antworten lässt. Davon käme nur das Gespräch ins Stocken. Auf keinen Fall zu viel selber reden oder zu Anfang der Unterhaltung irgendwelche Hintergrundinformationen geben. Sonst wüsste der Befragte ja, worum es geht. Immer sollte man dem Befragten das Gefühl vermitteln, dass man ihm nicht glaubt, dadurch wird er verleitet, weitere Angaben zu machen, um seine Version zu untermauern. Was wiederum die Wahrscheinlichkeit erhöht, dass er sich widerspricht.«

Piergiorgio schwieg einen Moment lang.

»Verstehe«, sagte er dann. »Das stimmt schon, Zandonai verhält sich nicht so. Im Gegenteil. Es ist fast, als wollte er einem beweisen, dass er etwas auf dem Kasten hat.«

»Eben. Jetzt frag dich mal, warum. Was mich angeht, man soll ja nicht schlecht über andere denken, aber normalerweise liegt man damit nicht falsch ...«

Pause. Das kurze Aufflackern eines Feuerzeugs, dann sprach Margherita weiter.

»... und da möchte ich schlichtweg darauf hinweisen, dass er jetzt, da ihm klar geworden ist, dass in den Adern seines Enkels das Blut der Zerbis fließt, vielleicht auch noch etwas anderes begriffen hat. Nämlich dass der Enkelsohn direkter Erbe des Jagdsitzes sein könnte. Und dass er überhaupt als unehelicher Sohn von Giulio Zerbi seine Rechte geltend machen könnte. Der Bürgermeister hat dir gesagt, dass der Maresciallo ein sehr familienbewusster Mensch ist, nicht wahr?«

Piergiorgio blieb stumm.

»Aber wenn es jetzt zu einem Mordprozess kommt, wer weiß, wann Giulio Zerbi dann dieses schöne Stück Land bekommt. Und das ausgerechnet jetzt, wo sein gehörnter Schwiegersohn sein Agriturismo-Hotel mit angrenzendem Jagdrevier aufziehen will. Du weißt ja, eine Hand wäscht die andere, und zusammen könnten die beiden ...«

Niemals eine Frau unterschätzen.

Schon von Haus aus, vor allem aber durch seinen beruflichen Hintergrund war Piergiorgio manchmal zu einem schier undurchdringlichen Zynismus fähig, aber zwei Dinge konnte er einer schönen Frau nicht abschlagen. Nummer zwei war, den Ritter zu geben. Sich zum Paladin aufzuschwingen, Unrecht zu rächen, dafür zu sorgen, dass Übergriffe geahndet wurden: all diese Dinge, mit denen sich junge Männer, der eine mehr, der andere weniger, so gerne vor jungen Fräulein brüsten, um ihren eigenen Wert zu zeigen und so schließlich zu Nummer eins zu gelangen, siehe oben.

Und das wusste auch Margherita ganz genau.

Piergiorgio begann also mit der Zusammenfassung des fraglichen Morgens. Dem Auffinden der Leiche, den Anrufen, wohin er gegangen war, wer was gesagt hatte. Und nach etwa zehn Minuten unterbrach ihn Margherita, indem sie ihm eine behandschuhte, doch gleichwohl glühend heiße Hand auf den Unterarm legte.

»Da haben wir's.«

»Was?«

»Wiederhol noch mal, was du gerade gesagt hast.«

»Ab wo?«

»Ab wo du willst. Meinetwegen von da ab, wo du dich beim Bürgermeister einquartiert hast.«

»Also, der Bürgermeister hat sich aus dem Fenster gebeugt. Er hat mir gesagt ...«

»Nein, entschuldige. Ein bisschen später. Ihr seid in die Küche gegangen, und dann?«

»Dann hat er mir einen Espresso angeboten.«

Margherita schnaubte.

»Beschreib mir die Küche.«

»Pff, also ... sie ist ziemlich groß, circa dreißig Quadratmeter. In der Mitte steht ein Tisch aus Nussholz, und ...«

»... und an der Wand hängt ein Kalender von Bruder Indovino, schon klar. Dreckig oder sauber?«

»Sauber. Sehr sogar.«

»Irgendwelche Teller in Sicht?«

»Nein, gar nichts.«

Margherita sah Piergiorgio an und nickte. Piergiorgio regte sich nicht.

»Und dann?«

»Hm. Was und dann?«

»Verrat mir mal was: Lebst du noch bei deiner Mutter?«

»Ja.«

»Na, siehst du. Der typische italienische Mann, der schon nach der Zugehfrau ruft, wenn er ein paar Blatt Klopapier braucht. Was haben der Bürgermeister und seine Gäste eigentlich zu Abend gegessen, weißt du das noch?«

»Ja. Die Frau Bürgermeister hat davon gesprochen. Nudeln *alla carbonara*, Hirschragout und hausgemachtes Tiramisu. Sachen eben, die einen wieder auf die Beine bringen. Sie hatten ja gerade drei Stunden lang geräumt und wollten nach dem Abendessen gleich wieder anfangen.«

»Ja, eben. Und nachdem sie das alles vorbereitet und ihr Zeug über die halbe Küche verteilt hatten, wer hat da sauber gemacht?«

»Na, die Frau Bürgermeister. Oder Emma.«

»Und wann soll das gewesen, wenn sie nach Aussage des Maresciallo um neun aus dem Haus gegangen sind, gleich nach dem Abendessen, weil sie zum Rosenkranz mussten?«

Piergiorgio sagte nichts.

»Ist dir klar, wie lange das dauert, bis eine Küche geputzt und aufgeräumt ist, wenn man für fünf Personen gekocht hat, und nicht gerade Fischstäbchen? Also, wenn du Flash Gordon bist, brauchst du mindestens eine halbe Stunde.«

»Och, vielleicht haben sie das zu zweit schneller geschafft. Oder die Frau Bürgermeister hat nach und nach abgewaschen, während die anderen noch aßen. Das habe ich auch schon so gesehen.«

»Ja. Oder es ist dir nicht selbst aufgefallen, und deswegen passt es dir nicht. Auch wieder typisch italienischer Mann.«

Piergiorgio lief im Wohnzimmer des Bürgermeisters auf und ab, er konnte nicht schlafen. Teils weil er weiter über das nachdachte, was Margherita zu ihm gesagt hatte, vor allem aber weil er weiter über das nachdachte, was er ihr nicht hatte sagen können.

Während er so auf und ab lief, schweifte sein Blick über das Bücherregal seines Gastgebers. Dessen Bibliothek wirklich nicht zu verachten war. Viel erzählende Literatur, der eine oder andere Essayband, eine Menge Fotobände und eine ganze Wand für die Themen Jagd und Waffen. Und schließlich, in einer Ecke, ein wenig Lyrik: Dante, Montale, D'Annunzio, Gozzano. Die schöne italienische Lyrik von früher, wahrscheinlich ein Vermächtnis des Schulunterrichts aus der guten alten Zeit, das sich noch in vielen Haushalten findet.

Piergiorgio nahm eines der Bücher in die Hand und besah sich das Cover. In der rechten unteren Ecke befand sich ein rotes Oval mit der Zeichnung einer Frauenhand, um die sich ein Armreif schlang, den Piergiorgio unwillkürlich als viktorianisch einstufte.

Eugenio Montale, *Tintenfisch-Knochen*. Ich habe noch nie ein Montale-Gedicht gelesen, höchstens in der Schule, dachte er. Ob Margherita Montale mag?

Piergiorgio schlug irgendeine Seite auf und las.

Glück, wer dich trifft, setzt seine Schritte
auf Messers Schneide.

Den Augen bist du Schein und Flimmer,
dem Fuß gespanntes Eis, schon voller Risse;
wer dich sehr liebt, soll sich von fern bescheiden.

Wenn du zu Seelen kommst, die trauern,
und sie erhellst, so ist dein Schimmer
süß und verstörend wie die Nester auf den Simsen.
Doch nichts vergilt das Weinen eines Kindes,
das seinen Ball verliert zwischen den Mauern.

Piergiorgio sah sich um.

Okay. Für ein Kind ist dieser Ball das Wichtigste von der Welt. Das Einzige, was es gibt. Und wenn du ihm den wegnimmst …

Piergiorgio verharrte mit starrem Blick auf die Jagdtrophäen im Raum. Er drehte sich um und sah die Vitrine mit den Gewehren, allesamt aufgereiht und blitzblank poliert.

Und dann traf ihn der Hammer auf den Schädel.

Um die werte Leserschaft zu beruhigen, die in einem klassischen Krimi in der Regel nicht allzu viel Action erwartet und überrascht wäre, wenn im Laufe der Erzählung eine der Figuren vor aller Augen so brutal verprügelt wird, dass das Blut nur so spritzt, sollte wohl gleich klargestellt werden, dass der Hammerschlag auf Piergiorgios gewaltigen Hinterkopf rein metaphorischer Natur war.

Während das Blut schneller zu fließen begann, fing Piergiorgio an, alles daraufhin abzuklopfen, ob es mit dieser neuen Möglichkeit zusammenpasste.

Emmas merkwürdiges Unwohlsein.

Wie aufgewühlt sie in der Kirche gewesen war.

Und die saubere Küche, natürlich. Piergiorgio entschuldigte sich im Geiste bei Margherita.

Da hatte es genau eines gegeben, was er als Mann und als Verehrer hätte tun können und sollen, nämlich ihr zuzuhören, und just das hatte er nicht getan. Tja, typisch italienischer Mann.

Piergiorgio griff zum Handy und sah nach der Uhrzeit. 2.10 Uhr. Na gut: besser spät als nie.

»Darf ich ...«

»Komm nur rein. Und keine Sorge, wenn die Conticini mal schläft, dann bekommst du sie nicht mal mit U2 wach.«

Piergiorgio trat ein und zog sich gleich die Jacke aus.

»Magst du einen Espresso?«

»Nein, wenn du mir auch noch einen Kaffee verabreichst, fange ich an zu zittern.«

»Du Glücklicher. Entschuldige mich kurz, ich mache mir rasch einen. Oder komm einfach mit, dann kannst du schon mal anfangen zu erzählen.«

»Da gibt's nicht viel anzufangen. Du hattest recht.«

»Wegen der Küche?«

»Wegen der Küche und überhaupt.«

»Und woher weißt du das?«

»Ich weiß es gar nicht. Ich finde es einleuchtend, aber ich habe noch keine Beweise. Jedenfalls hätte ich gern, dass du's dir anhörst. Wenn es dir auch einleuchtet, wäre das schon mal kein kleiner Trost.«

Während er erzählte, stellte ihm Margherita eine Reihe von Fragen, die meisten am Anfang, dann immer weniger. Als Piergiorgio fertig war, blieb sie mehrere Sekunden lang stumm.

»Und? Findest du es einleuchtend?«

»Ja, durchaus. Natürlich.«

Margherita nickte langsam.

»Und das Motiv ist typisch weiblich, das musst du doch zugeben, oder?«

»Typisch weiblich, so ein Blödsinn. Dich würde ich mal sehen wollen, wenn man dir die Zukunft wegnimmt.«

»Da würde ich mir eine andere aufbauen.«

»Hier in dem Kaff? Ich bitte dich. Aber kommen wir nicht vom Thema ab. Ich glaube, du hast recht. Und ich habe eine Frage. Wie sieht's mit Beweisen aus?«

»Ich weiß schon. Wir müssen ein paar Dinge genau überprüfen. Als Erstes das, was ich dir gesagt habe. Wenn es uns gelingt, das zu klären, dann wirst du sehen, dass alles andere wie von selbst läuft. Aber vorher müssen wir uns hundertprozentig sicher sein. Bis jetzt haben wir schöne, plausible Sätze gebildet. Quasi Literatur. Aber jetzt« – Piergiorgio erhob sich – »ist der Moment gekommen, die Hypothese experimentell zu bestätigen.«

Samstagmorgen

»So, alles bereit für die Abreise?«

»Alles bereit, Emma, danke. Ich muss nur noch fertig packen.«

»Das heißt, es gibt kein Abschiedsessen.«

»Nein, offenbar nicht. Ich glaube, die Stimmung ist nicht danach.«

Emma war dabei, einige Nippesfiguren abzustauben, ohne Elan und nicht recht bei der Sache. Auch der Austausch von Höflichkeiten mit Piergiorgio erfolgte nicht sehr konzentriert. Und Piergiorgio, der nur dem Schein nach damit beschäftigt war, eine SMS an Margherita zu versenden, wartete auf den rechten Augenblick.

Die junge Frau war mit den Gedanken sichtlich woanders. Und es ging ihr eindeutig nicht gut.

»Haben Sie Kopfschmerzen?«

»Ein bisschen, ja.«

»Ich habe gehört, dass es Ihnen in den letzten Tagen nicht gut ging.«

»Das war nichts Besonderes. So was kommt vor.«

»Haben Sie auch Bauchschmerzen?«

»Ja, ein bisschen schon …«

»Dann kommen Sie mal her. In solchen Fällen wirkt Ibuprofen wahre Wunder.«

»Ach, machen Sie sich keine …«

»Ich bitte Sie, Emma. Ich bin Arzt. Was wollen Sie denn mit Kopfschmerzen herumlaufen, wenn ein bisschen Pulver die Beschwerden aus der Welt schafft?«

Er kehrte der jungen Frau den Rücken zu, zog ein Tütchen hervor und nahm ein Glas von der Konsole. Die Augen fest auf den Spiegel vor sich gerichtet, riss er das Tütchen auf und kippte den Inhalt ins Glas, und gleichzeitig stellte er ihr seine Fangfrage:

»Wovor haben Sie denn Angst? Das Zeug ist völlig harmlos, außer natürlich für Schwangere.«

Im Spiegel sah er ein Paar Augen, die Bände sprachen.

»Vermuten Sie es nur, oder sind Sie sicher?«

Emma, der die Tränen hinunterliefen, nickte stumm.

In dem Sekundenbruchteil, in dem sich Piergiorgio zu ihr umgedreht hatte, war die junge Frau in Tränen ausgebrochen. Jetzt war der Wasserhahn zwar immer noch auf, aber Emma hatte wenigstens aufgehört zu schluchzen, was die Aufgabe ein klein wenig erleichterte.

»Sie sind sich also sicher?«

Die junge Frau schniefte und schüttelte den Kopf.

»Das heißt, Sie vermuten es nur?«

Jetzt nickte Emma. Unter Tränen, versteht sich.

Piergiorgio legte ihr eine Hand auf den Ellbogen, einen der wenigen Körperteile, an denen man eine fremde Person berühren kann, ohne ihr zu nahe zu treten. Und dabei stellte er seine Frage:

»Wenn Sie möchten – ich habe einen Schwangerschaftstest dabei. Wollen Sie ihn durchführen?«

Die junge Frau zog die Nase hoch. Ein paar Sekunden verstrichen, dann nickte sie langsam.

»Also gut, Emma. Der Test ist tatsächlich positiv«, sagte Piergiorgio und hielt es für geboten, hinzuzufügen: »Sie erwarten also ein Kind.«

Das Mädchen sagte nichts.

»Hören Sie, ich bin Arzt. Ich unterliege der Schweigepflicht. Aber ich bin auch ein menschliches Wesen. Als Mensch würde ich Ihnen in diesem Augenblick zu weiblicher Gesellschaft raten, möglichst zu solcher, die nicht aus dem Dorf stammt. Ist es Ihnen recht, wenn ich ...«

»Ja, bitte. Danke.«

»Bravo, Dr. Watson.«

»Sherlock Holmes, wenn ich bitten darf. Eigentlich beruht das Ganze ja auf meiner Eingebung. Du hast lediglich die sieben oder acht Informationen beigesteuert, die notwendig waren, um auf den richtigen Weg zu kommen.«

Margherita nahm die Espressotasse und führte sie zum Mund. Sie war sofort hergekommen und hatte die Situation mit rätselhafter weiblicher Klugheit in die Hand genommen.

Emma war getröstet, in den Arm genommen und angehört worden. Jetzt schlief sie, vermutlich geschwächt von der Anspannung, in Piergiorgios Bett.

»Na also. Ich hätte mich doch gewundert, wenn du am Ende nicht alle Lorbeeren für dich beansprucht hättest.

Wie dem auch sei, mein lieber Sherlock, ich habe hier noch zwei weitere entscheidende Informationen für dich. Die erste ist, was du schon gedacht hast. Und die zweite, was ich schon dachte.«

»Pater Kene?«

»Pater Kene.«

Der also im Begriff war, neben dem Pater auch noch Vater zu werden.

»Und was machst du jetzt? Rufst du ihn an oder gehst du zu ihm?«

»Ich rufe ihn an und sage ihm, dass er herkommen soll. Auswärtsspiele sollte man immer vermeiden. Erst recht, wenn der Gegner einen so einflussreichen Sponsor hat.«

Wie er da auf seinem Stuhl saß, wirkte Pater Kene nicht mehr gar so unsympathisch. Auf Piergiorgio wirkte er jetzt eindeutig besorgt.

Der Plan war ganz einfach; es stand nun zweifelsfrei fest, dass Emma schwanger war, und anhand von Margheritas Beobachtungen ließ sich leicht mutmaßen, dass das Instrument, das die junge Frau Samstag für Samstag in der Kirche spielte, nicht unbedingt über mehrere Rohre verfügte.

Von daher lag die Vermutung nahe, dass der männliche Verursacher des bevorstehenden Ereignisses Pater Kene sei. Dass sich das bestätigte, hatte unsere beiden Ermittler nicht gerade überrascht. Jetzt jedoch mussten sie behutsam vorgehen.

Piergiorgio hatte Pater Kene gerade die zwei Fragen

gestellt, die notwendig waren, um jeglichen Zweifel auszuräumen. Und es war ja alles andere als sicher gewesen, dass der Geistliche darauf bereitwillig antworten würde. Das hatte Pater Kene jedoch getan, und zwar in aller Deutlichkeit.

Während Piergiorgio ihn musterte, fragte Pater Kene seinerseits: »Was haben Sie jetzt vor?«

»Sind Sie bereit, alle Fragen zu beantworten, die der Maresciallo Ihnen stellen wird? Würden Sie ihm gegenüber wiederholen, was Sie mir gesagt haben?«

»Vermutlich werden Sie mir nicht glauben«, sagte Pater Kene aufblickend, »aber ich hatte mich gerade heute dazu entschlossen, freiwillig zu ihm zu gehen.«

Piergiorgio sah ihn an, unfähig, die Augenbrauen an ihrem Platz zu lassen.

»Und warum erst heute?«, fragte er.

»Weil etwas passiert ist. Etwas, das mich zum Nachdenken gebracht hat.«

»Darf ich Sie fragen, was?«

»Es wäre nicht recht, das zu sagen. Ich könnte mich täuschen.«

»Man wird Sie wegen Falschaussage anklagen, wissen Sie das?«

»Ja. Das spielt jetzt auch keine große Rolle mehr. Also, noch mal: Was werden Sie tun?«

»Das, was ich tun muss. Ich gehe den Maresciallo holen.«

»Sie wollen ihn hierherbringen?

»Ich glaube, das wird das Beste sein.«

Im Gegensatz zum ersten Mal, als er vierzig Minuten lang im Wartezimmer ausharren musste, in Gesellschaft der hochinteressanten Zeitschrift *Il carabiniere*, wurde Piergiorgio diesmal sofort hereingebeten. Und kurz darauf traf auch schon der Maresciallo ein.

»Tag, Pazzi. Sie sind im Aufbruch?«

»So gut wie. Aber vorher müsste ich noch mit Ihnen sprechen.«

»Bitte. Worum geht es?«

»Um das hier«, sagte Piergiorgio und zeigte auf die Wandtafel, auf der noch immer zu sehen war, wann sich die Verdächtigen wo aufgehalten hatten. »Ich fürchte, einige dieser farblichen Abläufe geben ein falsches Bild, wenn auch ohne böse Absicht.«

Der Maresciallo, der sich gerade setzen wollte, verharrte auf halbem Wege.

»Ich sollte mich vielleicht genauer ausdrücken: Einige der Zeugenaussagen, die abgegeben wurden, entsprechen nicht der Wahrheit.«

Der Maresciallo nahm vollends Platz.

»Und woher wissen Sie das?«

»Von den Betreffenden selbst. Vor allem von einem. Pater Kenenisa oder von mir aus Pater Kene. Wenn Sie ein wenig Geduld haben, erzähle ich es Ihnen.«

Diesmal unterbrach der Maresciallo Piergiorgio fortwährend. An einem bestimmten Punkt rief er auch Appuntato Carrus herein, mit einem ganz bestimmten Anliegen.

Als Piergiorgio am Ende seiner Erzählung angekommen war, blieb der Maresciallo einige Sekunden lang schweigend sitzen. Dann drückte er einen Knopf auf der Sprechanlage und bellte: »Carrus!«

»Zu Befehl«, antwortete die Sprechanlage mit Carrus' Stimme.

»Machen Sie sich fertig, Sie kommen mit mir mit«, sagte der Maresciallo.

»Entschuldigen Sie, was haben Sie vor?«, fragte Piergiorgio.

»Die Zeugen befragen und den Schuldigen festnehmen. Oder besser gesagt die Schuldige. Wenn mir die Aussagen bestätigen, was Sie gesagt haben, bleibt mir nichts anderes übrig.«

»Warten Sie mal kurz«, sagte Piergiorgio. »Pater Kene können Sie befragen, aber Emma sollte bis auf Weiteres nicht gestört werden.«

»Ich sehe nicht, wie sich das vermeiden ließe«, sagte der Maresciallo, während er in seinen Mantel schlüpfte. »Ich habe meine Pflicht zu tun.«

»Und ich die meine. Da wir hier von einem Menschenleben sprechen, sei es auch noch im embryonalen Zustand, und da die Schwangere sich mir anvertraut hat, sage ich Ihnen in meiner Eigenschaft als Arzt: Meine Patientin kann derzeit unter gar keinen Umständen befragt oder sonst wie behelligt werden. Wir müssen dafür einen geeigneteren Moment abwarten.«

Der Maresciallo, bereits im Mantel, pflanzte sich vor Piergiorgio auf.

»Dr. Pazzi, das nennt man Behinderung der Ermittlungen.«

»Nein, Maresciallo. Das nennt man einen Versuch, vernünftig zu sein. Hören Sie: Emma ist davon erschüttert, dass sich bestätigt hat, dass sie ein Kind erwartet. Wenn Sie jetzt darauf bestehen, sie zu befragen, werden Sie eine junge Frau vor sich haben, die wie gelähmt ist vor Angst.«

Der Maresciallo hielt inne. Einem, der seit dreißig Jahren im Dorf lebte, brauchte man nicht zu erklären, dass Emma, auch wenn sie sich nun in einen Mordfall verwickelt sah, etwas anderes noch viel mehr fürchtete – die Reaktion ihres Vaters auf die Nachricht, seine kaum volljährige Tochter, diese unverheiratete, fügsame junge Frau, habe sich schwängern lassen, und das auch noch von einem Priester.

»Wenn Sie sich hingegen erst einmal mit Pater Kenes Aussage zufriedengeben, die mehr als ausreichend sein dürfte, so versichere ich Ihnen: Sobald sich Emma beruhigt hat und ihr in angemessener Weise versichert wurde, dass man ihr helfen wird, der Familie das Geschehene beizubringen, wird sie die Aussage bestätigen.«

Der Maresciallo sah Piergiorgio unbewegt an. Piergiorgio unternahm einen letzten Anlauf.

»Maresciallo, auch Sie haben uns doch gebeten, Stillschweigen über die Umstände von Signora Zerbis Tod zu bewahren, um besser ermitteln zu können und möglichst wenig Argwohn zu wecken. Und das war eine kluge Entscheidung. Wenn Sie mich fragen, ist jetzt dieselbe Klugheit angebracht.«

Mamma mia, was bin ich bloß für ein Schleimer. Wenn ich am Hof des Sonnenkönigs geboren wäre, hätte ich es mindestens bis zum Minister gebracht.

Der Maresciallo starrte einen Moment lang auf den Boden. Dann hob er die Augen langsam zu Piergiorgio.

»Na gut. Ich werde Ihnen vertrauen. Aber ich versichere Ihnen, das ist das letzte Mal.«

Er drückte erneut den Knopf der Sprechanlage.

»Carrus, hören Sie. Es ist nicht notwendig, dass Sie mich begleiten. Bringen Sie mir, worum ich Sie gebeten habe. Und dann warten Sie hier auf meinen Anruf.«

Samstag, beim Bürgermeister

Der Schlüssel drehte sich im Schloss, und die schwere Tür wurde ganz in Ruhe geöffnet. Dann hörte man die ziemlich heitere Stimme des Bürgermeisters:

»Na schön, wenn du sie irgendwo im Haus verloren hast, werden sie ja wohl ... Ach, hallo.«

Der Bürgermeister und seine Frau waren gerade in die Küche getreten und sahen sich nun entgeistert um.

Neben der Standardausstattung (Kochfeld, Esstisch, Hängeschränke, Bodenbelag und so weiter) bot der Raum ein Zuviel an Personen, nämlich einen Arzt, einen Carabiniere und einen Priester. Alle sitzend, alle wartend und keiner ein Bild der Ruhe.

Das Verhältnis zwischen dem Bürgermeister und dem Maresciallo war offenbar immer noch etwas unterkühlt, denn als der Hausherr sprach, klang sein Tonfall nicht eben freundlich.

»Darf ich fragen, Alvise, was du um diese Uhrzeit in meinem Haus verloren hast?«

»Hallo, Armando. Ich bin gekommen, um mit Pater Kene zu sprechen, der hier auf mich wartete.«

»Na, das freut mich. Und warum hat Pater Kene – guten Tag, Pater ...«

Pater Kene murmelte ein etwas undeutliches »Guten Tag«.

»… also, warum hat Pater Kene hier auf dich gewartet und nicht im Pfarrhaus?«

»Weil oben Emma liegt, der geht es nämlich nicht gut«, sagte Margherita, die mit leisen Schritten aus dem Obergeschoss heruntergekommen war.

Der Bürgermeister sah erst Margherita an, dann Pater Kene und dann den Maresciallo, während Signora Viola ihren Mann ansah, als wäre ihr bang vor seiner Reaktion. Doch der Bürgermeister blieb bemerkenswert gefasst und heftete seinen Blick schließlich auf Piergiorgio.

»Ich muss schon sagen, Dr. Pazzi, seit Sie bei uns im Dorf sind, haben wir uns nicht eine Minute gelangweilt.«

Dann trat er in die Mitte der Küche und stellte sich mit verschränkten Armen vor den Maresciallo.

»Mal sehen, ob ich das richtig verstanden habe: Der Herr Pfarrer wartet bei mir in der Küche auf den Herrn Maresciallo, weil oben meine Haushälterin krank im Bett liegt. In Anbetracht der Tatsache, dass sich all das in meinen Räumlichkeiten abspielt – wäre vielleicht jemand so freundlich, mir zu erklären, was hier los ist, verdammt noch mal?«

Die Frau des Bürgermeisters ließ ihm den Kraftausdruck durchgehen und blieb stumm. Der Maresciallo hingegen antwortete.

»Also, Armando, es sind Ungereimtheiten in den Zeugenaussagen ans Licht gekommen, dazu noch weitere Umstände, die zur Aufklärung des Falls beitragen könnten. Pater Kene war hierhergekommen, um mit Dr. Pazzi darüber zu sprechen ...«

»Genau das meine ich. Warum kommt Pater Kene hierher, um mit Dr. Pazzi darüber zu reden?«

»Weil oben in meinem Zimmer Ihr Hausmädchen liegt, Emma.«

»Die nämlich«, erklärte Margherita, »Pater Kene persönlich nahesteht.«

Signora Viola wurde entgegen ihrem Namen kreidebleich.

»Und ihr ist übel«, sagte Pater Kene in seinem melodischen Italienisch. »Ihr ist übel, weil sie in der dritten Woche schwanger ist.«

Vielleicht wegen des Singsangs des Geistlichen, vielleicht weil die Situation so aberwitzig war, bekam der Herr Bürgermeister das in den falschen Hals.

»Wollt ihr mich hier verarschen?«

»Nein, Armando. Ich fürchte, nein. Pater Kene, würden Sie mir vielleicht ganz formlos in Anwesenheit dieser Personen einige Fragen beantworten?«

»Sicher«, erwiderte Pater Kene. »Ich stehe zu Ihrer Verfügung.«

»Gut«, sagte der Maresciallo. »Meine Damen und Herren, dann können wir wohl beginnen.«

»Zuallererst möchte ich zusammenfassen, was wir schon wissen. Ich würde Sie bitten, mich nur zu unterbrechen, wenn es Einwände gibt. Signora Annamaria Zerbi Palla wurde in der Nacht von Sonntag auf Montag von einer Person ermordet, die sie im Schlaf überraschte. Am Morgen wurde Signora Zerbi von Dr. Pazzi aufgefunden, einem Arzt. Anschließend wurde ihr Tod durch Dr. Biagini offiziell festgestellt. Wir haben damit zwei Ärzte, die übereinstimmend sagen, dass das Opfer in einem relativ eng abzugrenzenden Zeitraum getötet wurde, nämlich zwischen zehn Uhr abends und zwei Uhr morgens.«

Der Maresciallo warf einen Blick in die Runde, um zu sehen, ob sich Widerspruch regte.

»Ein gutes Stück vor dem fraglichen Zeitraum fand sich das Dorf durch den heftigen Schneefall isoliert. Der Kirchplatz, wo der Mord stattgefunden hat, war seinerseits vom Rest des Ortes abgeschnitten. Ungefähr von sechs Uhr abends bis acht Uhr am Morgen darauf. Das gestattet uns, die Zahl der Verdächtigen auf einen sehr kleinen Kern zu reduzieren.«

An dieser Stelle wartete der Maresciallo keine Einwände ab, da er das alles selbst und Schnee schippend hatte bezeugen können.

»Wir sprechen von dem Personenkreis, der rein faktisch in der Lage war, Signora Zerbis Haus zu erreichen. Also meine Wenigkeit, Dr. Corrado Biagini, Armando Benvenuti, Stelio Carlesi, Emo Buccianti, Anteo Caproni samt seiner Frau, Celia Gallesi, und der Tochter, Emma Caproni, Viola Benvenuti, Pater Kenenisa Bekile und Pater Benvenuto Baldassarri. Dazu kommt noch Dr. Piergiorgio Pazzi, der im Haus des Opfers untergebracht war. Ich bin für den Augenblick so frei, Dr. Pazzi aus dem Kreis der Verdächtigen auszuschließen, da ohne ihn keiner von uns überhaupt auf den Gedanken gekommen wäre, dass es sich um Mord handelte.«

Der Maresciallo starrte einen Moment lang auf einen Punkt zwischen seinen Schuhen, dann hob er den Kopf.

»Jede der aufgeführten Personen hat ein Alibi vorgebracht, das durch mindestens zwei weitere Aussagen bestätigt wird. Allerdings bleibt die Tatsache bestehen: Signora Zerbi wurde umgebracht. Und ich bin hier, um auszuschließen, dass jemand von Ihnen die Tat begangen haben kann.«

Der Maresciallo warf einen Blick in die Runde, nunmehr vollends Herr der Szene.

»Annamaria Zerbi wurde nachts im Schlaf ermordet. In Anbetracht dieses Umstands muss ich davon ausgehen, dass sich der Täter, wer auch immer es war, Zugang zum Haus verschaffen konnte, er also über die Schlüssel verfügte. Im ersten Moment hatte ich mein Augenmerk daher auf Dr. Pazzi gerichtet, dann auf den Sohn, Giulio Zerbi. Beide hatten Schlüssel zum Haus. Aber es gab noch eine andere Person, die über Schlüssel zur Casa Zerbi verfügte, nicht wahr?«

Der Maresciallo deutete zur Zimmerdecke.

»Die Person, die dort zum Putzen ging. Emma Caproni.«

Pater Kene nickte betrübt. Signora Viola wirkte wie hypnotisiert. Der Bürgermeister tastete nach einem Stuhl und setzte sich hin.

»Aus den Aussagen, die mir gegenüber gemacht wurden«, sagte der Maresciallo, »ergibt sich, wie gesagt, dass jeder der Betroffenen, die Signora Zerbis Haus grundsätzlich hätten erreichen können, über ein Alibi verfügte. Emma insbesondere war in der gesamten Zeitspanne, in welcher der Mord geschehen sein muss, mit Signora Benvenuti und Pater Kene zusammen. Doch in Wirklichkeit haben einige der Befragten keine wahrheitsgemäßen Angaben gemacht. Stimmt das, Pater Kene?«

»Ja, das stimmt.«

»Sie erkennen also schon einmal an, dass Ihre Version der Ereignisse nicht der Wahrheit entsprach?«

»So ist es. Ich gebe zu, falsche Angaben gemacht zu haben.«

»Aus welchem Grund?«

»Um Emma zu schützen. Die Frau, die ich liebe.«

Piergiorgio, der sich bis zu diesem Moment auf den Priester konzentriert hatte, ließ seinen Blick in die Runde schweifen. Alle reglos, alle aufmerksam lauschend.

»Möchten Sie uns nun erzählen, was am Abend des 17. Januar geschah?«

»Natürlich.«

Pater Kene starrte auf seine Hände, während er zu seinem Bericht anhob.

»Am Abend des 17. Januar um kurz vor neun Uhr rief Emma an. Sie sagte, sie würde gleich vorbeikommen, und wir hätten dann ein wenig Zeit für uns. Signora Viola würde später dazukommen, um zu beten, dass durch den Schneefall niemand zu Schaden kommt. Um fünf nach neun kam also Emma, allein, und wir blieben bis circa zehn nach zehn unter uns, bis zum Eintreffen von Signora Viola Benvenuti.«

»Gut. Warum haben Sie das nicht gleich gesagt?«

»Weil Emmas Vater, wenn er davon erfahren hätte,

ganz sicher nicht einverstanden gewesen wäre, dass seine Tochter mit einem Mann allein ist. Don Benvenuto vertraut er, mir nicht.«

Konnte man ihm kaum verübeln.

»Na gut. Signora Viola, können Sie Pater Kenes Aussage bestätigen? Dass Sie um circa zehn nach zehn in die Kirche kamen und nicht zur selben Zeit wie Emma?«

Signora Viola schien wach zu werden.

»Ja, das bestätige ich.«

»Und aus welchem Grund haben Sie falsche Angaben dazu gemacht, wo Sie am betreffenden Abend waren?«

»Weil ich die Beziehung zwischen Emma und Pater Kenenisa schützen wollte.«

»Heißt das, Sie wussten von dem Verhältnis?«

»Ja.«

Pater Kene drehte sich zur Frau des Bürgermeisters um. Piergiorgio konnte den Blick nicht sehen, aber er war sicherlich beredt.

Die Frau Bürgermeister musterte ihrerseits Pater Kene mit offenkundigem Abscheu. Dann sagte sie mit beherrschter Stimme: »Natürlich wusste ich davon. Ebenso wie ...«

»Signora Zerbi?«

»Genau. Wie Signora Zerbi.«

Pater Kenes Kiefermuskeln spannten sich unübersehbar an.

Der Maresciallo legte die Handflächen aneinander, als müsste er nachdenken.

»Das heißt, Signora Zerbi war über die Beziehung zwischen Emma und Pater Kene auf dem Laufenden?«

»So ist es. Annamaria sagte mir, sie habe von dem Verhältnis erfahren und beabsichtige, Anteo alles zu erzählen.«

Stille.

»Die arme Emma, ihr Vater hätte sie windelweich geprügelt.«

Erneute Stille. Schließlich fuhr der Maresciallo fort, in sanftem Ton.

»Und deshalb soll Emma Signora Annamaria umgebracht haben?«

»Ja.«

Der Maresciallo blickte in die Runde. Dann ließ er seinen Blick zurück zu Pater Kene wandern und verharrte bei ihm.

Pater Kene starrte Signora Viola mit einem Ausdruck an, der entschieden nicht zu einem Seelenhirten passte.

»Pater ...«

Pater Kene saß wortlos da, den Blick auf die Frau des Bürgermeisters geheftet. Als er dann sprach, wandte er sich nicht an den Maresciallo, sondern fixierte weiterhin sie.

»Ich habe gedacht, Sie wollten uns helfen. Sie sollten sich schämen.«

Die Frau Bürgermeister lachte.

»Ich soll mich schämen? Sie als Priester schwängern ein unschuldiges Mädchen, das halb so alt ist wie Sie, und ich soll mich schämen?«

Signora Violas Lippen wurden beängstigend schmal, und ihr Lächeln verzog sich zu einer Grimasse.

»Und das ist auch nicht das erste Mal, nicht wahr?

Glauben Sie etwa, wir wüssten nicht, dass Sie aus Rom hierher in die Pampa strafversetzt worden sind, weil Sie sich mit den indischen Nonnen vergnügt haben? Das ganze Dorf weiß Bescheid, Verehrtester.«

Die Frau Bürgermeister sah die anderen an.

»Das ganze Dorf, inklusive Emmas Vater. Und genau deshalb wagte unser lieber Pater Kenenisa nicht zuzugeben, dass Emma mit ihm allein in der Kirche war.«

Margherita und Piergiorgio wechselten einen Blick.

Habe ich dir doch gesagt, stand in den Augen der Frau.

Pater Kene unternahm eine übermenschliche Anstrengung, um nicht aufzuspringen, und atmete tief durch. Mit dem deutlichen Gefühl, dass mehr als nur ein Blick auf ihn gerichtet war, sagte er:

»Das ist so, ich gebe es zu. Ich habe einen Fehler begangen, ein einziges Mal. Ich glaube, der Moment ist gekommen, mir einzugestehen, dass der Herr mich für etwas anderes ausersehen hat als das Priesteramt.«

»Fürs Zuchthaus hat er Sie ausersehen.«

Pater Kene musterte Signora Viola mit tiefster Verachtung, während sie fortfuhr:

»Ausersehen, sagt er. Als hätte ihm der Herrgott persönlich die Weisung erteilt, Priester zu werden.«

»Halten Sie doch den Mund!«, explodierte Pater Kene. »Sie haben ja keine Ahnung, wovon Sie reden. Sie halten das für meine Wahl, oder? Aber was für eine Wahl soll das sein? Ich bin in Addis Abeba geboren. Glaube ich jedenfalls. Sicher ist nur, dass mich dort die Nonnen von der Straße aufgelesen haben. Die Töchter der christlichen Liebe vom heiligen Vinzenz von Paul waren es, die mich damals aufnahmen, und als Erstes gaben sie mir ein Geburtsdatum, denn ich wusste noch nicht einmal, wann ich geboren und wie alt ich war. Dann haben sie mir zu essen gegeben und mich zur Schule geschickt. Ich hatte keine Wahl und wollte auch keine. Ich wollte so werden wie sie, wie die ersten Menschen in meinem Leben, die mich nicht ständig verprügelten.«

Pater Kene stieß einen Seufzer aus.

»Ich war der Beste an der ganzen Schule, und so schickte man mich zum Studium nach Rom. Und in der Zwischenzeit wuchs ich heran. Mir wurden so viele Dinge klar, die ich nicht gewusst hatte. Gewisse Versprechen, gewisse Pflichten engten mich immer mehr ein. Und gleichzeitig fühlte ich, dass ich denjenigen, die mir die Möglichkeit gegeben hatten, es bis hierher zu schaffen, etwas schuldete. Und dann fehlte ich zum ersten Mal, aus Wolllust. Das zweite Mal habe ich aus Liebe gefehlt.«

Der Priester hob den Kopf und sah den Maresciallo an.

»Aber das macht mich noch nicht zum Mörder. Und ich will auch nicht länger Komplize sein. Nicht mehr.«

In die darauffolgende Stille hinein erklang die ätzende Stimme der Bürgermeisterin.

»Na, so ein Held aber auch. Wie wär's mit einer Runde Applaus?«

Zum Glück (oder leider, je nach Standpunkt) gelang es dem Maresciallo rasch, einen unerhörten, aber auch äußerst vielversprechenden Boxkampf abzuwenden, indem er entschlossen dazwischenging.

»Pater, Signora Viola, ich muss doch sehr bitten. Wenn Sie sich noch einen Moment gedulden und mir ein paar weitere Fragen beantworten, werden Sie sehen, wie sich alles aufklären lässt.« Und an den Geistlichen gewandt: »Pater Kene, als Sie vorher sagten, Sie hätten gelogen, um die Frau zu beschützen, die Sie lieben, was meinten Sie damit genau?«

»Ich meinte, ich wollte sie vor der Reaktion ihres Vaters retten, wie bereits gesagt. Als Signora Viola Emma vorschlug, wir sollten erzählen, dass wir alle ab neun Uhr zusammen gewesen seien, da hat mich das sehr überrascht. Sie gab uns zu verstehen, sie schlüge das vor, um uns zu helfen. Um uns zu decken.«

»Ganz recht«, sagte die Frau Bürgermeister säuerlich.

»Ich verstehe«, sagte der Maresciallo. Seinem Tonfall nach war allen klar, dass er wirklich glaubte, was da gesagt wurde.

Dann sah er dem Bürgermeister fest in die Augen und wiederholte langsam: »Ich verstehe. Armando, jetzt muss ich noch dir ein paar Fragen stellen, um das Bild zu vervollständigen.«

»Nur zu«, sagte der Bürgermeister, der als Einziger die Ruhe bewahrt zu haben schien.

»Als du am Sonntagabend nach Hause kamst, hast du da die Tür mit dem Schlüssel geöffnet?«

»Natürlich.«

»Hast du auch das Sicherheitsschloss geöffnet?«

»Natürlich. Es war verriegelt. Wenn man aus dem Haus geht, und es ist sonst keiner da, dann macht man das doch so.«

»Hattest du denn auch so abgesperrt, also mit Sicherheitsschlüssel?«

»Nein. Da war meine Frau ja noch da.«

»Das heißt, sie hat abgesperrt.«

»Natürlich ...«

Und während er das sagte, wurde nun der Bürgermeister kreidebleich.

Mit dem größtmöglichen Feingefühl fuhr der Maresciallo fort:

»Pater Kene, wären Sie nun so freundlich, uns zu sagen, was Signora Viola getan hat, als sie in die Kirche kam?«

»Gewiss. Sie hat einen Schlüsselbund aus der Tasche genommen und ihn Emma gegeben.«

So leise er konnte, atmete Piergiorgio aus.

Das war die erste Frage, die er Emma via Margherita gestellt hatte.

»Warum hat sie das getan?«

»Weil das Emmas Schlüssel waren.«

»Könnten Sie mir die beschreiben?«

»Ein Schlüsselanhänger mit einer Gummifigur, einem blauen Elfen mit weißem Hut. Emma trägt daran alle ihre Schlüssel.«

»Alle ihre Schlüssel. Also ihren eigenen Hausschlüssel und die Schlüssel zu den Häusern, in denen sie arbeitet. Die zur Casa Benvenuti und zur Casa Zerbi.«

»Ja, genau.«

»Das heißt, der Schlüsselbund befindet sich derzeit in Emmas Besitz?«

»Ich glaube ja.«

»Hat Emma Ihnen erklärt, warum Signora Viola ihre Schlüssel hatte?«

»Signora Viola hatte Emma am Sonntagabend gebeten, sie ihr zu leihen, bevor sie das Haus verließ, ich meine Signora Violas Haus. Um später absperren zu können, wenn sie selbst aus dem Haus ging.«

»Und warum brauchte Signora Viola Emmas Schlüssel?«

»Ihre eigenen hatte sie verloren. Das hat mir Emma gesagt.«

Der Maresciallo drehte sich ruckartig zum Bürgermeister.

»Armando, war es das, wovon du sprachst, als ihr vorher zur Tür hereinkamt? Was deine Frau verlegt hat und nicht finden kann, sind das die Hausschlüssel?«

Der Bürgermeister, der jetzt nicht mehr weiß im Gesicht war, sondern in Richtung knallrot ging, nickte wortlos.

»Erinnerst du dich oder weißt du noch, wann deine Frau ihre Schlüssel verloren hat?«

Der Bürgermeister, weiterhin knallrot, schüttelte den Kopf.

Der Maresciallo drehte sich zu Signora Viola.

»Signora, darf ich Sie fragen, wann Ihnen die Schlüssel abhanden gekommen sind?«

Auch Signora Viola war nicht mehr weiß im Gesicht. Doch im Unterschied zu ihrem Mann sprach sie.

»Ich glaube, am Montagabend, ich bin mir sogar ganz

sicher. Es ging ja drunter und drüber wegen des Schnees, und ich hatte so viel um die Ohren ...«

»Natürlich, natürlich. Kann ich verstehen. Sie waren auf Signora Zerbis Beerdigung, nicht wahr?«

»Ja, sicher.«

»Und das war das erste Mal, dass Sie seit Montagmorgen Ihr Haus verließen, ja?«

»Ganz genau. Als ich aus der Kirche kam, nachdem uns dieser Schwachkopf von Visibelli dort eingegraben hatte, bin ich nach Hause gegangen und habe mich zwei Tage lang nicht vom Fleck gerührt. Nur für die Beerdigung habe ich das Haus verlassen. Jemand musste sich ja um die Leute kümmern. Der eine wollte dies, der andere das, wer arbeitete, hatte Hunger oder Durst, oder er brauchte ...«

Der Ton des Maresciallo war verbindlich.

»Verstehe. Ich freue mich, Ihnen mitteilen zu können, dass sich Ihre Schlüssel in unserem Besitz befinden. Sie wurden mir aufs Revier gebracht, und ich habe sie dabei.«

Und damit hielt er mit freundlicher Geste die Handfläche hoch, wo der besagte Schlüsselbund lag, samt grauschwarz geflecktem Lederbändchen.

»Ah. Sehr schön. Wunderbar. Aber wo ...«

»Die Schlüssel wurden vor dem Anwesen von Marchese Alinaro Filopanti Palla gefunden, auf dem Kiesweg. Der Marchese persönlich kam damit zu mir.«

»Na so was ...«

»Er hat sie mir gestern Vormittag vorbeigebracht. Sie wurden beim Schneeräumen im Hof gefunden.«

»Ah. Also wirklich, manchmal ...«

Und die wenige Farbe, die sie im Lauf der Unterredung zurückgewonnen hatte, wich wieder aus ihrem Gesicht.

Der Maresciallo sah Signora Viola zwar weiter an, doch als er nun fortfuhr, klang es viel unpersönlicher.

»Der Schneefall hat am Sonntag eingesetzt, am frühen Nachmittag. Am Sonntagabend lagen diese Schlüssel hier unter einer einen Meter hohen Schneeschicht. Es ist faktisch unmöglich, dass sie am späten Montagnachmittag verloren gegangen sind. Als Sie am Sonntagabend aus dem Haus gingen, Signora Viola, da hatten Sie die Schlüssel nicht mehr.«

Die Antwort von Signora Viola war ein leise genuscheltes Konsonantengemisch.

»Entschuldigen Sie, ich habe Sie nicht verstanden. Könnten Sie das noch einmal sagen?«

»Das ist möglich.«

»Möglich, ja? Aber Sie können bestätigen, dass Sie sich am Sonntagabend Emmas Schlüssel ausgeliehen haben?«

»Das weiß ich nicht mehr.«

»Wissen Sie zufällig noch, ob Sie Emma den Schlüsselbund zurückgegeben haben, als Sie in die Kirche kamen?«

»Nein, das weiß ich nicht mehr.«

»Das wissen Sie nicht mehr. Darf ich Sie fragen, was Sie in dem Zeitraum von gut einer Stunde gemacht haben, in dem Ihnen ein Alibi fehlt?«

»Ich habe die Küche aufgeräumt.«

»Sie haben die Küche aufgeräumt.«

Geheuchelte Ungläubigkeit im Blick des Maresciallo.

Echte Ungläubigkeit in dem des Herrn Bürgermeisters.

»Eine ganze Stunde, um die Küche sauber zu machen?«

»Ich hatte den ganzen Tag lang gekocht.«

Die Stimme des Bürgermeisters kam mit dem Nachdruck eines Tacklings auf Knöchelhöhe.

»Basta!«

Armando Benvenuti sprang auf, die Adern dick wie Nudelhölzer.

»Jetzt hör endlich auf, dich blöd zu stellen! Kapierst du es denn nicht?«

Der Bürgermeister tat einen Schritt auf seine Frau zu. Und plötzlich veränderte sich sein Tonfall und wurde fast ungläubig.

»Kapierst du nicht, dass sie alle Beweise haben, die sie brauchen?«

Signora Viola sah ihren Mann an, als könnte sie ihn nicht erkennen.

Dann begann sie mit leiser Stimme zu sprechen.

»Ich kam wohl gegen halb zehn zu Annamaria. Ich wollte mit ihr reden. Ich habe angeklopft, aber sie hat nicht aufgemacht. Also habe ich durchs Fenster geschaut. Annamaria saß im Sessel, und es sah aus, als würde sie schlafen.«

Wie Signora Viola dastand, schien sie um eine Handbreit gewachsen zu sein.

»Da fiel mir wieder ein, dass ich ja Emmas Schlüssel

hatte und sich an dem Schlüsselbund auch der Schlüssel zu Annamarias Haus befand. Also habe ich aufgesperrt ...«

Signora Viola sah den Maresciallo an, um sicherzugehen, dass er ihr folgte.

Reichlich unnötig, denn alle hingen an ihren Lippen.

»... und sah sie in ihrem Sessel sitzen und schlafen. Ruhig, friedlich. Es ging ihr gut. Es ging ihr gut in diesem beschissenen Kaff.«

Aus dem Mund von Signora Viola klang der Kraftausdruck noch derber als ohnehin.

»Sie, die doch aus Neapel kam, aus einer Großstadt, wo sie alles haben konnte, was sie wollte, hatte sich hier eingegraben. Und jetzt ...«

»Einen Augenblick, Signora. Weshalb waren Sie überhaupt zu Annamaria Zerbi gegangen?«

»Wegen der Schenkung.«

»Der Schenkung?«

»Ja, der Schenkung, mit der Annamaria der Gemeinde die Nutzung von *Le Fatte* überlassen wollte.«

»Durch wen hatten Sie von dieser Schenkung erfahren?«

Eine überflüssige Frage, aber er musste sie stellen.

»Durch Emma. Sie hatte mir von dem Streit erzählt, den sie mit angehört hatte, und ...«

Fast wäre Signora Viola ins Stocken geraten. Doch dann wischte sie das Zögern beiseite.

»... und sie hatte auch gehört, wie Annamaria den Notar anrief und einen Termin mit ihm vereinbarte. Sie erzählte mir von diesem Telefonat in allen Einzelheiten.

Emma war auf eine so stille Art anwesend im Haus«, sagte Signora Viola, und es klang traurig. »Man merkte kaum, dass sie da war. Auch für Annamaria gehörte sie zum Haus.«

»Verstehe. Und worüber wollten Sie mit ihr an jenem Abend sprechen?«

»Ich wollte mit ihr reden und sie bitten, das Ganze zu vergessen, ihrem Sohn zu verzeihen. Und von der Schenkung abzusehen. Ich war hingegangen, um mit ihr zu reden, ich schwöre es. Aber als ich sie dann schlafend vorfand, da ... geschah es fast von selbst. Mir ging durch den Sinn, dass es ihr schon seit geraumer Zeit schlecht ging, dass sie nicht mehr lange zu leben haben würde. Ich nahm das Kissen ...«

Pater Kenes Stimme kam weich, im Tonfall dessen, der begreift: »Sind Sie deshalb nicht zur Beichte gekommen, vergangenen Freitag?«

Ohne den Priester anzusehen, antwortete Signora Viola mit einer schwachen Kopfbewegung.

Der Priester sah den Maresciallo an, wie um zu sagen, dass es dies war, was ihm aufgefallen war und ihn veranlasst hatte, die Frau Bürgermeister zu verdächtigen.

Der Bürgermeister war es, der das Schweigen brach.

»Aber warum?«

»Aber warum?«

Der Bürgermeister hatte die Frage wiederholt, mit einem Anflug von Erschütterung in der Stimme. Seine Frau drehte sich langsam zu ihm um, und ihr Ausdruck veränderte sich.

»Warum? Warum?«

Signora Viola tat ein paar Schritte auf ihren Mann zu.

»Jede Nacht bist du aufgewacht. Du hast gesagt, ich weiß nicht, was ich machen soll. Soll ich hierbleiben oder gehen? Soll ich hierbleiben oder gehen? Zwei Monate lang bist du mir damit auf die Nerven gegangen. Und ich habe so getan, als wäre nichts. Als würde es mir nichts ausmachen. Dann kommst du eines Tages und sagst: Ich glaube, ich habe mich entschieden. Ich nehme die Kandidatur an. Hättest du Lust, nach Rom zu ziehen?«

Signora Viola machte noch einen Schritt auf ihren Mann zu.

»Ob ich Lust hätte? Als wüsstest du nicht, dass ich einen Mord begehen könnte, um in die Stadt ziehen zu dürfen. Und in was für eine Stadt. Aber dann, eine Woche später, beschließt diese alte Vettel, das beste Jagdrevier weit und breit der Gemeinde zu schenken! Na komm, sag, was du neulich beim Abendessen zu mir gesagt hast, nachdem du von der Schenkung erfahren hattest? Sag's!«

Der Herr Bürgermeister starrte weiter seine Frau an, ohne zu antworten. Also tat sie es für ihn, wie gute Ehefrauen überall auf der Welt.

»Er hat mir gesagt, wenn Annamaria die Schenkung noch rechtzeitig hinbekommen hätte, dann hätte er ein öffentlich zugängliches Revier daraus gemacht. Und was das für eine Entschädigung gewesen wäre für die verlorenen Jahre.«

Die Frau Bürgermeister verstummte. Sie wandte sich von ihrem Mann ab und ließ den Blick über die übrigen Anwesenden schweifen.

Piergiorgio sah weg, so wie fast alle, und fand vor seinem geistigen Auge dieselben Bilder, die ihm abends zuvor durch den Kopf gegangen waren.

Der Pelzmantel.

Die Bridgepartien.

Das schrille Kleid und der mondäne Damenhut, auf einem Dorffest.

»Dr. Pazzi lebt nicht in so einer Höhle wie wir, er kommt aus der Zivilisation.«

Piergiorgio sah noch immer zu Boden, als er hörte, wie die Frau Bürgermeister das alles bestätigte.

»Und ich hätte mich, anstatt nach Rom zu ziehen, hier wiedergefunden. Ein Leben lang an dieses beschissene Dorf gekettet.«

Nachdem sie das gesagt hatte, atmete sie tief durch und richtete die geschminkten Augen wieder auf ihren Mann.

»Kapierst du jetzt, warum ich es getan habe, du Volltrottel?«

In Pisa, einige Monate später

»Ich nehme einen Americano. Und du?«

»Für mich einen Spritz. Danke. Warte ...«

»Nein, lass nur. Ich mache das.«

Margherita stellte Taschen und Täschchen, die Ausbeute eines anstrengenden Einkaufsbummels, auf einem Stuhl ab und ging hinein unter die Arkaden. Piergiorgio ließ seinen Blick, anstatt ihr auf den Hintern zu schauen, über die Piazza delle Vettovaglie schweifen und genoss das Durcheinander, das dort herrschte. Buntes Volk, gerade aus der Arbeit kommend (viele), gerade am Arbeitsplatz eintreffend (nicht wenige, und das betraf keineswegs nur die Kellner) oder aber Trost suchend am Ende eines weiteren Tages ohne Arbeit (immer mehr); am Ende des Tages kam man zusammen, um einen Aperitif zu trinken.

Während er sich umsah, näherte sich Piergiorgio unbewusst dem Moment, in dem er darüber nachdenken würde, wie sich die Piazza seit seiner Kindheit verändert hatte. Zum Glück kam rechtzeitig vorher Margherita mit einem Tablett zurück, darauf zwei schöne Gläser mit etwas, das einer flüssigen Version des holländischen Nationaltrikots glich.

»Ich habe mich auch für einen Spritz entschieden. Und, wie geht's?«

»Nicht ganz übel.«

»Kommst du heute Abend mit uns zum Essen?«

»Tja, also, ich kann leider nicht. Ich habe noch eine Sonderschicht vor mir. Ich bin gerade aus San Francisco zurückgekommen und wahnsinnig mit allem im Hintertreffen. Wir müssen den Antrag für die EU-Mittel abschicken, und ich muss auch noch die Fahnen für einen Artikel durchsehen. Morgen Abend könnten wir zwei etwas essen gehen, wenn das zufällig passt …«

»Tja, also morgen kann ich nicht. Ich muss zu einem Vortrag nach Piombino.«

»Piombino?«

»Tja. Ist halt nicht jeder so ein Glückspilz wie du und fährt nach San Francisco, in die Stadt der brüderlichen Liebe. Wie war's denn?«

»Ach, weißt du, viel habe ich von der Stadt nicht gesehen. Ich war mit Ferroni auf einem Kongress. Fahr nie mit deinem Chef zu einem Kongress, vor allem, wenn er ein Workaholic ist. Erst am letzten Tag sind wir ein bisschen rumgelaufen. Da hat er mich in ein chinesisches Restaurant eingeladen, mit einer Schlange buchstäblich bis hinaus auf die Straße.«

»So so, du warst mit dem großen Häuptling unterwegs. Habt ihr auch über das Projekt geredet?«

Piergiorgio nahm einen ordentlichen Schluck von seinem Spritz, um sich zu trösten.

»Ja. Komplizierte Sache. Wir haben die Probleme bekommen, mit denen wir gerechnet hatten. Neununddreißig Prozent.«

»Was?«

»Neununddreißig Prozent. Neununddreißig Prozent der Einwohner von Montesodi stammen nicht vom Mann ihrer Mutter ab.«

»Na, schau an.«

»Nicht wahr? Schon vor der statistischen Auswertung war die Sache meiner Meinung nach am Limit. Und jetzt hat es, fürchte ich, überhaupt keinen Sinn. In meinen Augen sind die Einwohner von Montesodi als Gruppe praktisch inexistent. Aber wie steht es denn mit den Einzelpersonen?«

»Gut. Besser. Schau ruhig selbst.«

Margherita zückte ihr iPad, vollführte mit den Fingern zwei kabbalistische Gesten, und vor Piergiorgios Augen erschien ein Foto.

Pater Kene, endlich einmal mit einem Lächeln, umarmte von hinten eine junge Frau, die man für Emma hätte halten können, wären da nicht fünf Kilo mehr gewesen als sonst – und zweiunddreißig weithin sichtbare Zähne. Pater Kene in Schwarz, Emma in Elfenbein. Beide mit einem goldenen Ring an der Hand.

»Sie sehen toll aus, oder?«

»Ja, muss ich zugeben.«

Piergiorgio schickte noch einen Schluck Spritz hinterher.

»Kurzum, das Durchschnittsalter im Dorf ist seit unserer Ankunft beträchtlich gesunken. Das Rätsel des Lebens setzt sich fort. Was allerdings das Rätsel der übermenschlichen Kräfte angeht, so wird es wohl ein Rätsel bleiben.«

Margherita maß Piergiorgio mit zufriedenem Blick.

»Ein Rätsel für die Wissenschaft, das mag sein. Aber

nicht für die Freunde. Deshalb habe ich dich auch angerufen. Ich wollte dir noch etwas zeigen.«

Margherita klappte erneut das iPad auf und begann zu
suchen.

»Mich hat der Umstand neugierig gemacht, dass die
Hälfte von denen, die den zweiten Nachnamen Palla tragen, über Bärenkräfte verfügen. Angefangen mit dem
Boxer bis hin zum armen Alberto: Wer neben seinem
ersten Nachnamen Palla heißt, ist einfach ein Viech. Ist
dir das auch aufgefallen?«

»Na klar ist mir das aufgefallen. Das würde die These
von der genetischen Grundlage stützen, wäre da nicht
eine ganz bestimmte Kleinigkeit.«

»Eben. Man fragt sich, ob auch der Begründer dieser
ganzen Sippschaft, also der gute Marchese Aspasio, der
überall herumgevögelt hat, so ein außergewöhnlich starker Mann war. Und das werden wir leider nie erfahren.
Aber wir wissen dafür etwas anderes.«

»Ach ja? Und das wäre?«

»Wir wissen, dass es zu der Zeit im Dorf tatsächlich
jemanden gab, der über außerordentliche Körperkräfte
verfügte. Ich habe ein Foto von ihm gefunden, im Pfarrarchiv.«

Margherita griff zum iPad und drehte es effektvoll wie
ein Zauberkünstler zu Piergiorgio.

»Darf ich dir Don Icilio Diotallevi vorstellen, Pfarrer
von Montesodi Marittimo von 1860 bis 1899?«

Gerahmt vom iPad und keineswegs überrascht darüber, sich plötzlich ins 21. Jahrhundert versetzt zu sehen,
blickte ein Gesicht aus einer anderen Zeit auf Piergior-

gio, mit der feierlichen Miene historischer Porträtaufnahmen. Ein ernstes, entschlossenes Gesicht, mit stechendem Blick, Adlernase, kräftigen Kiefern und einer breiten Stirn.

Und mit einem unglaublichen Paar Segelohren, groß wie Untertassen, die reinsten Henkel am Kopf.

Piergiorgio starrte auf das Foto. Und ihm kamen die Worte im Tagebuch des Priesters in den Sinn.

Dann sah er Margherita an, und die beiden brachen in Gelächter aus.

Nur mal so zur Veranschaulichung

Um zu erfahren, was geschehen ist, seit wir das Dorf Montesodi verlassen haben, dürften nach so vielen Worten ein paar Zahlen genügen.

29: die Zahl der von Armando Benvenuti eingebrachten Gesetzesentwürfe seit seiner Ankunft als Senator in Rom. Dieser Arbeitsrhythmus, der ihm mehrere Spitznamen eingetragen hat (nicht alle davon positiv), erlaubt ihm noch nicht einmal wochenends, nach Montesodi zurückzukehren.

4: die Zahl der violett gefärbten Haarsträhnen, die aus der schwarzen Mähne von Giovannina Fantozzi Palla hervorstechen, der Tochter von Stellone Fantozzi Palla, bisher bekannt als *Stellone il grezzo*.

312: in Hektar gemessene Ausdehnung des Forst- und Jagdreservats *Il Curvone*, geboren aus der Fusion des Agriturismo-Unternehmens der Familie Giaconi mit dem Landgut *Le Fatte* aus dem Eigentum von Giulio Zerbi Palla.

3627: in Gramm gemessenes Gewicht von Antonella Tirunesh, der Tochter von Kenenisa Bekile und Emma Caproni, geboren in Florenz, wo die beiden Eltern seit einigen Monaten leben. Er unterrichtet Latein, sie Notenlesen und Klavierspielen.

2: die Zahl der Einwohner von Montesodi, die sich nach Piergiorgios und Margheritas Besuch sowie nach Abschluss des Gymnasiums entschlossen haben, sich an der Universität einzuschreiben. Maria Pia Castaldi, die sich brennend für Genetik interessiert, hat sich in Biologie eingeschrieben; Francesco Catorcioni, dessen brennendes Interesse Margherita gilt, für Literaturwissenschaft.

Millionen und Abermillionen: die Zahl der Sterne, die von dem Hügel aus, auf dem das Dorf liegt, sichtbar sind. Und die in der Stadt aufgrund der künstlichen Beleuchtung weder Piergiorgio noch Margherita mehr sehen können.

Zum Schluss

Einmal mehr musste ich die Kenntnisse einiger Gefährten plündern, um dieses Buch schreiben zu können. Ich bedanke mich daher bei Fulvio Baldo (Beratung in Jagdfragen), Serena Del Turco (Beratung in Fragen der Genetik) und Francesco Massart (Beratung in beidem, da man es hier mit einem Genetiker zu hat, der in seiner Freizeit den einen oder anderen Schuss auf Wildschweine abgibt).

Dank gilt auch meinen Privatlektoren: Virgilio, Mimmo und Letizia sowie dem Neuzugang Massimo, der als Einziger ohne Kinder auch der Einzige war, der mir in einem halbwegs passablen Zeitrahmen seine Kommentare schickte.

Weiterer Dank geht an meine Mitbürger in Olmo Marmorito, die ich daran erinnern möchte, dass ich trotz des Ruhms weiterhin die herrlichen Fußballspiele schätze wie auch die Sardellen *al verde* bei Don Ruffinengo. Also bereitet euch gefälligst auf das Derby vor.

Ich danke Piergiorgio und Virgilio, die mir zu gegebener Zeit durch ihr Beispiel und nicht durch Gerede gezeigt haben, dass man sich mit den exakten Wissenschaften beschäftigen und gleichzeitig ein gesunder und interessanter Mensch sein kann.

Zum Schluss das Allerwichtigste. Der Plot dieses Buches ist zu einem Gutteil der krankhaften Phantasie meiner Frau Samantha entsprungen. Wenn ich ihr bei den anderen Büchern gedankt habe, so würde diesmal ein einfaches Dankeschön nicht reichen. Dazu bedarf es wohl mindestens eines weiteren Buches.

Inhaltsverzeichnis

LUST AUF MEHR UNTERHALTUNG?

Dann sollten Sie unbedingt umblättern.
Hier erwartet Sie eine exklusive Leseprobe.

Leseprobe aus dem Kriminalroman
von Marco Malvadi:
Das Nest der Nachtigall
© 2011 Marco Malvadi
Titel der italienischen Originalausgabe: »Odore di chiuso«
Erschienen bei Piper

Anfang

Welchen Anblick der Hügel von San Carlo dem Betrachter bietet, hängt in erster Linie von der Tageszeit ab.

Morgens geht die Sonne auf der anderen Seite des Hügels auf, und da das Schloss ein Stück unterhalb des Kamms erbaut ist, fallen keine direkten Strahlen durch die Fenster der Gemächer, in denen der siebte Baron von Roccapendente, seine Verwandtschaft und seine (meist zahlreichen) Gäste ruhen, die somit ungestört ausschlafen können.

Am frühen Nachmittag brennen die Sonnenstrahlen erbarmungslos auf das Schloss, die Gärten und das umliegende Gut nieder, und wer sich im Freien aufhält ist einer mörderischen Hitze ausgesetzt, verschärft noch durch die Feuchtigkeit, die von den nahen Sümpfen aufsteigt. Um diese Stunde jedoch befinden sich der Baron und seine Familie für gewöhnlich im Inneren des Schlosses, dessen großzügige Räume mit ihren Deckengewölben eine angenehme und tröstliche Frische bieten, welche der geistigen Sammlung zuträglich ist, sei es beim Kartenspiel, bei der Lektüre oder beim Stricken von

Intarsien. Draußen in der stechenden Sonne bleiben nur die Tagelöhner, der Gutsverwalter und die Stallknechte und Gärtner, aber die sind die Hitze ja gewöhnt.

Die Herrschaften verlassen das Schloss im Allgemeinen erst gegen sechs Uhr abends, wenn die Erde von all den Sonnenstrahlen erschöpft ist und begonnen hat, dem Zentralgestirn den Rücken zuzukehren. Auch an diesem Abend, um Punkt sechs Uhr, haben sich der Baron und die übrigen Schlossbewohner im Garten eingefunden, um die Ankunft des zweiten der Gäste zu erwarten, die eingeladen wurden, um die wochenendliche Jagdpartie abwechslungsreicher zu gestalten. Der erste Gast, Herr Ciceri, laut seiner Visitenkarte »Daguerreotypist-Landschaftsfotograph«, ist bereits am Nachmittag eingetroffen und mit höflicher Gleichgültigkeit empfangen worden.

Der zweite Besucher hingegen ist eine namhafte Persönlichkeit und genießt ein gewisses Prestige, weshalb man mit fiebrigem Interesse seiner Ankunft harrt. Vergessen wir nicht, dass die Bewohner – wiewohl ein Haufen von Drückebergern, die zeit ihres Lebens noch keine Minute lang einer ehrlichen Arbeit nachgegangen sind – an diesem Tag durch die unmenschliche Hitze dazu verdammt wurden, fast regungslos in der Frische ihrer Gemächer auszuharren, sodass ihnen jetzt noch langweiliger ist als sonst und sie sich ihre Zeit vertreiben müssen. Die Ankunft des zweiten Gastes ist daher das Highlight des Tages, und die Schlossbewohner spazieren in Zweier- und Dreiergrüppchen durch den Garten und tauschen Mutmaßungen über seine Person aus, die Ohren gespitzt, um nur ja nicht das Geräusch von Kutschenrädern und Pferdehufen zu verpassen.

Tatsächlich ist über den Mann, dessen Ankunft erwartet wird, nicht viel bekannt, und die Untersuchungsteams, die jetzt über die Wiese schlendern, haben sich die offenen Fragen gerecht aufgeteilt. Sein Charakter. Seine Kleidung. Vor allem aber sein Aussehen. Wir befinden uns hier im ausgehenden 19. Jahrhundert, und einen Namen macht man sich in erster Linie durch das, was man tut und sagt, nicht durch ein äußeres Auftreten, das in den meisten Fällen keiner kennt. Das waren noch Zeiten.

»Er ist bestimmt dick.«

»Meinen Sie?«

»Alles andere würde mich überraschen. Haben Sie etwa jemals einen mageren Koch gesehen?«

»Das nicht. Aber unser Gast ist doch nicht von Beruf Koch, oder? Dem Vernehmen nach ist er Stoffhändler.«

»Sieht so aus, ja. Das ist allerdings nicht sein einziges Gewerbe. Ich möchte zwar nur ungern ...«

Während Lapo Bonaiuti di Roccapendente noch überlegte, was er denn ungern tun würde, fing er den leeren, bangen Blick von Fräulein Barbarici auf, der Pflegerin und Gesellschaftsdame seiner Großmutter Speranza. Und zum tausendsten Mal ging ihm die Frage durch den Kopf, welcher Schwachkopf wohl je auf den Gedanken käme, eine derartige Vogelscheuche flachzulegen.

»Was möchten Sie nicht ...?«

»Ach, nichts. Ich war in Gedanken. Aber wie dem auch sei, genau das meine ich doch. Ein Kaufmann, besessen vom Gedanken an die gute Küche. Das ist ein Mensch, der anhäuft. Geld auf der Bank und Speck um die Hüften. Sie werden schon sehen. Man wird uns noch holen müssen, damit wir ihn aus der Badewanne hieven, falls er überhaupt weiß, was das ist.«

»Sagen Sie doch nicht so was, Signorino Lapo.«

»Och, das wäre doch nicht verwunderlich. Schließlich stammt er aus der Romagna. Ungehobeltes Pack«, versetzte er, während er das gerade abgebissene Ende seiner Zigarre auf den Boden spie, »nichts im Sinn als Essen, Arbeit und das Anhäufen von Besitz.«

Ganz im Unterschied zu mir, schrie Herrn Lapos Gang der Welt entgegen. Gemächlich und distanziert, die Daumen in den Hosentaschen, während er den Blick umherschweifen ließ, im nagelneuen Anzug und englischen Spazierstiefeletten. Lapos Ansichten zu der Frage, wie man sich anderen Menschen gegenüber zu verhalten habe, waren schlicht und zielgerichtet: Handelte es sich um eine Frau und sie war schön, so legte man sie flach. Handelte es sich um eine Frau und sie war hässlich, so legte man eine andere flach. Handelte es sich um einen Mann, so nahm man ihn mit ins Bordell. Was man sonst im Leben so trieb – essen, sich unterhalten, reiten, gelegentlich eine kleine Jagdpartie –, das waren die moralischen Verpflichtungen eines wahren Weltmannes, der mit allen Umgang pflegte, selbst mit minderen Wesen wie Fräulein Barbarici: eine Art Intermezzo, das einem, falls angenehm, das Warten erleichterte, und, falls unangenehm, dem großen Augenblick zusätzliche Würze und Reiz verlieh.

Fräulein Barbarici antwortete nicht. Das wurde von ihr jedoch gar nicht erwartet.

Auch ihr Verhältnis zur Welt war klar definiert: Fräulein Barbarici hatte Angst. Und zwar vor allem und jedem.

Vor Unwettern zum Beispiel. Vor Briganten, die ins Haus eindrangen, Goldschmuck und bestickte Tischtücher stahlen und den Damen schreckliche Dinge zufügten. Vor Bienen, die überall hineinkrochen, und wenn sie einen gestochen hatten, dümmlich an ihrem Ziel haften blieben, von dem man sie dann auch noch entfernen musste. Vor dem Vater, der ständig herumbrüllte. Vor der Mutter, die vom Vater Schläge bekam und sie an sie weiterreichte. Vor Männern. Vor Frauen. Davor, allein zu sein.

Und so hatte sich Fräulein Barbarici (die vor Jahrzehnten auf den Namen Annamaria getauft worden war; vergebliche Liebesmüh, denn niemand nannte sie jemals bei ihrem Vornamen) zum Zwecke des Überlebens in eine Art Zustimmungsmaschine verwandelt: Allein dank dieser Fähigkeit war sie in der Lage, Tag für Tag die Boshaftigkeiten von Baronin Speranza ohne schlimme Folgen zu ertragen. Die übrigens soeben zum ersten Mal an diesem Tag von ihr abgelassen hat und sich in einem sonnigen Winkel mit ihrer Enkeltochter unterhält.

»Er wird doch wohl nicht selbst kochen, oder?«

»Keine Ahnung, Großmutter.«

»Ich jedenfalls esse nichts, was von jemand anderem als Parisina zubereitet wurde. Geschweige denn von einem Mann. Seit wann stellen sich denn Männer in die Küche?«

»In der Geschichte hat es viele große Köche gegeben, Großmutter. Vatel zum Beispiel. Brillat-Savarin.«

»Von denen habe ich noch nie was gehört. Und du kennst sie auch nur aus Büchern. Als ob du von diesem Brijasaveng schon mal was gegessen hättest. Du isst doch auch immer nur, was es bei Parisina gibt. Und selbst die hat in letzter Zeit … Aber lassen wir das besser. Ich bin vielleicht alt, aber sicher nicht blöd. Fleisch scheint es kaum noch zu geben. Fisch sieht man gerade mal freitags, von Sardellen abgesehen. Dafür tischt sie uns Grünzeug auf, als würde es das vom Himmel regnen. Man kommt sich ja vor wie eine Ziege.«

Alt ist sie allerdings. Und Gründe, sich zu beschweren, hat sie ebenfalls: Seit Jahren sitzt sie im Rollstuhl und kann sich nicht bewegen. Vielleicht unterlag sie auch zuvor schon gewissen Einschränkungen, wenn man bedenkt, dass sie einen guten Doppelzentner wiegt, der sich vom Hals abwärts mehr schlecht als recht über den nutzlosen Körper verteilt. Aber ihr Gesicht ist schmal, und ihr Kiefer funktioniert noch bestens, vor allem als Ausfahrt.

»Es ist Sommer, Großmutter. Bei der Hitze empfiehlt sich leichte Kost.«

»Was schert mich der Sommer? Aber euch ist das ja alles egal. Je weniger ihr mir zu essen gebt, desto früher sterbe ich, und ihr habt eine Sorge weniger. Ha, die Alte sind wir los. Ja, der Sarg wird teuer, fett, wie sie ist, aber danach haben wir ein bisschen mehr Freiraum.«

»Großmutter, da kommen Leute.«

Das ist die einzige Methode, sie zum Schweigen zu bringen: Den Schein zu wahren geht über alles. Und Cecilia weiß das. Auch deshalb fühlt sie sich auf dem Schloss nicht sonderlich wohl.

Cecilia ist klein, sie trägt das Haar zu einem Zopf gewunden und hat pummelige Hände. Was ihre Figur angeht, muss man ein wenig die Phantasie bemühen, sie steckt nämlich in einem Kleidungsstück auf halbem Weg zwischen einer Kutte und einem Silo. Das macht aber nichts, denn das Beste an der jungen Frau sind ohnehin die Augen. Ein gradliniger, offener und heiterer Blick; zwei große, dunkle, grün gesprenkelte Augen, die ganz genau wissen, dass Sie heute Morgen keine frische Unterwäsche angezogen haben, aber auch erkennen lassen, dass das letztlich Ihre Sache ist.

Fernab der diversen Gespräche harrt der Herr Baron im oberen Teil des Gartens einer Geste von Teodoro, dem kostbaren Majordomus. Während er darauf wartet, dass ihm dieser durch bloße Veränderung seiner Körperhaltung das Eintreffen des Gastes anzeigt, fragt sich der Herr Baron, was er in diesen Zeiten ohne Teodoro tun würde.

Der wiederum weiß davon nichts, er steht einfach nur da und behält in eleganter Pose die Kurve hinter dem Kastanienbaum im Auge. Er trägt Handschuhe, Livree und Fliege und ist dem Anschein nach vollständig bekleidet. In Wirklichkeit aber befindet sich unter der äußeren Schicht nur eine gestärkte Hemdbrust ohne Ärmel, am

Rücken auf Höhe der Rippen abgeschnitten, gerade so, dass die Jacke keine Schweißflecken abbekommt. Auf die Strümpfe, das Unterhemd und die lange Unterhose hat Teodoro verzichtet, und er kostet diese sommerliche List mit stillem Vergnügen aus.

»… und es war köstlich, wirklich köstlich! Und gut verdaulich, ja, dabei war Muskatnuss drin, und die vertrage ich nun überhaupt nicht, davon bekomme ich Sodbrennen, und er schreibt in seinem Buch schließlich nicht umsonst, dass man Gewürze zurückhaltend verwenden sollte, weil sie den Damen unter Umständen nicht bekämen, aber in dem Fall …«

Hätte jemand die beiden Frauen zu beschreiben, die an dem schmiedeeisernen Tischchen sitzen, er müsste bei den Knöpfen beginnen.

Die erste trägt ein weißes Baumwollkleid, am Rücken mit einer dichten Reihe runder Knöpfe geschlossen, deren letzter einen Millimeter unterhalb des dritten Halswirbels festgezurrt ist wie eine Würgschraube aus Perlmutt; weitere derartige Reihen schnüren den Arm vom Ellbogen bis zum Handgelenk und die Stiefel von den Knöcheln bis zu den Knien (wenn man diese denn sehen könnte). Dem Redefluss der Dame und ihrer Kleidung nach zu urteilen, zählt Atmen nicht zu ihren wesentlichen Bedürfnissen.

»… nach dem Rezept hat übrigens auch die arme Bastiana immer Tauben zubereitet, nur ließ sie sie zu lange kochen, und am Ende waren sie zäh wie ein Stück Holz, und der arme Ettore musste das dann essen und so tun, als schmeckte es ihm, denn sonst, Gott bewahre, drehte sie durch, so ganz normal war sie ja nicht, unsere Bastiana, nicht wahr, erinnerst du dich an sie? Tja, die Ärmste, was für ein schlimmes Ende ...«

Das andere Fräulein trägt ein dünnes geblümtes Kleid, vom Hals bis zum Schienbein mit einem Dutzend goldener Schnürverschlüsse versehen. Sie schützt damit einen ansehnlichen Buckel vor der Sonne, über dem ein mageres Köpfchen gleichförmig zu allem nickt. Wobei sie auch gar keine Chance hat, sich ins Gespräch einzuschalten – es sei denn, sie wollte ihrer Begleiterin mit dem Eisenstuhl eins überbraten –, und so beschränkt sich ihre Teilnahme am Dialog auf das eine oder andere sporadische Quieken.

Die beiden sind offensichtlich Schwestern und ebenso offensichtlich unverheiratet: ein langsames, unabwendbares und bitteres Los, das nicht nur in der Lebensweise und im Kleidungsstil Spuren hinterlassen, sondern auch ihre Namen mit Feuer gezeichnet hat. Im Melderegister sind die beiden Damen als Cosima und Ugolina Bonaiuti Ferro verzeichnet, Cousinen ersten Grades des Herrn Baron; für den Rest der Welt aber, einschließlich des Gesindes, sind sie schlicht »die Fräulein«.

Sie leben ein Parallelleben, in dem gestickt und vorgelesen wird. Darüber hinaus verschwenden sie Zärtlichkeiten an Briciola, den reizbaren kleinen Yorkshireterrier, der dem Herrn Baron als Jagdhund angedreht und von den beiden Schwestern adoptiert wurde, nachdem ihn der Schlossherr nach einem ersten Augenschein per Fußtritt entfernt hatte. Mit einem solchen Hund könne man allenfalls auf Mäusejagd gehen, hatte er dabei in sich hineingebrummt.

Ein Kochbuch. Armes Italien.

Mit langsamen Schritten und in deutlichem Sicherheitsabstand zu den beiden Fräulein und ihrem Geschwätz, die Füße auf der Wiese, den Geist noch halb auf dem Parnass, dachte Herr Gaddo wider Willen an die angeblichen Verdienste des Gastes, der gleich eintreffen sollte. Na, bei der Stimmung hier hätte es ohnehin keinen Sinn gehabt, von Poesie zu sprechen.

Da wirst du wohl für einmal zufrieden sein, hatte der Vater gesagt. Zur Wildschweinjagd kommt ein Literat allerersten Ranges, da hast du endlich einmal jemanden auf deinem Niveau, hoffentlich lässt du dich dazu herab, ein wenig Konversation zu treiben.

Gaddo hatte die Nachricht mit scheinbarer Süffisanz aufgenommen, aber innerlich war er in Wallung geraten.

Schon vor einiger Zeit hatte er seine besten Verse zusammengestellt, sie mit einem roten Band umwickelt und in einen eleganten Pappzylinder gesteckt. Er hatte sich auf einige wenige beschränkt, das Genie erkennt man schließlich am Detail, am einzelnen Satz und nicht am Gesamtgewicht; der Funke entfacht das Feuer, nicht der Brennklotz. Gewiss, die Auswahl war ihm nicht leichtgefallen, sie hatte ihn einigen Schweiß gekostet. Besonders hart war es ihn angekommen, ein paar seiner Lieblingsgedichte aus der nicht ganz dünnen Rolle auszuschließen, etwa den Gesang Core impetuoso – »Ungestümes Herz«; noch immer quälte ihn der Gedanke, dass dies ein Irrtum gewesen sein könnte, und er fragte sich, ob er nicht vielleicht zu drastisch vorgegangen war. Aber gleichwohl: Die Wahl war getroffen, das Päckchen verschnürt und frankiert und alles mitsamt der feinsten Visitenkarte an den Dichter verschickt, den seine Maremma hervorgebracht hatte und um den sie das übrige Italien nur beneiden konnte.

Giosuè Carducci.

Anschließend hatte er fieberhaft gewartet, welches Ergebnis sein Elan zeitigen würde; auch hatte er sich mehrfach ausgemalt, in welcher Form die Botschaft wohl eintreffen mochte – als Billett, als Brief oder gleich als Einladung, sich nach Bolgheri zu begeben, zum Haus des Großen Dichters –, dank derer seine Kunst endlich Anerkennung finden und ihre Schwingen ausbreiten würde.

Aber nicht einmal mit etlichen Gläsern Wermut intus hatte er gewagt, auf einen persönlichen Besuch zu hoffen.

Und doch, bei jener Ankündigung des Vaters begann sein Herz zu rasen, wie es einem sensiblen Geist ja durchaus ansteht. Und sein Verstand flüsterte ihm zu, dass der große Augenblick gekommen sei.

Ein Literat zu Besuch auf Roccapendente. Gaddo hatte sich nicht einmal nach dem Namen erkundigt, so sicher war er sich gewesen. Wer sonst hätte es denn sein können, wenn nicht der Eine und Einzige?

Im Laufe des Abends hatte er sich mehrmals an der Vorstellung ergötzt – der Dichter saß an seinem, Gaddos, Schreibtisch, einem Tisch aus Kastanienholz (alle

Dichter, die diese Bezeichnung verdienen, haben einen Schreibtisch aus Kastanienholz), und las in einem seiner lyrischen Ergüsse, dabei wog er zustimmend das Haupt, glücklich, endlich einen würdigen Nachfolger gefunden zu haben.

Jetzt aber stellte sich heraus, dass sein Verstand sich gewaltig getäuscht hatte.

Der so berühmte und gebildete Schriftsteller, der das Schloss besuchen sollte, war nicht Giosuè Carducci.

Dabei handelte es sich noch nicht einmal um einen Dichter.

Dann wohl ein Romancier, hatte er gedacht.

Aber es war noch schlimmer gekommen, als er vermutet hatte.

Der Literat, der im Begriff stand, auf Roccapendente Schatten und Mahl zu schnorren, hatte ein Kochbuch verfasst.

Es war zum Haareausraufen.

Auf einmal sieht der Baron, wie Teodoro sich zu voller Größe aufrichtet, den Blick nach Westen gewandt. Und nicht aus Jux und Tollerei, denn hinter der Kurve beim Kastanienbaum erscheint eine Staubwolke, die immer weiter voranwirbelt. Kurz darauf taucht aus dem Staub eine Kalesche auf, gelenkt von einem barhäuptigen Mann und gezogen von einem Pferd, das aus dem letzten Loch pfeift. Nicht von ungefähr heißt dieser Ort Roccapendente – Steilenfels.

Hinten sitzt ein Passagier mit einem gewaltigen Schnurrbart und sieht sich um. Mehr lässt sich aus dieser

Entfernung unmöglich sagen, da einzig dies an ihm erkennbar ist, ein prächtiger weißer Schnauzbart, der trotz des Staubs von Weitem erstrahlt.

Während die Kalesche näher kommt, versammeln sich die Bewohner auf dem Vorplatz vor der Veranda und machen sich zum Empfang des Neuankömmlings bereit; und der Herr Baron sieht aus der Ferne zu, wie Teodoro zu der Stelle geht, an der die Kalesche halten wird, um dort das Gepäck des Gastes entgegenzunehmen.

Und da steht die Kalesche schon.

Der Kutscher steigt ab, richtet seine Jacke und öffnet etwas unbeholfen den Schlag. Auf der Stufe erscheint ein schwerer, kräftiger Fuß – der des nun endlich eingetroffenen Gastes.

In der einen Hand hält er ein Buch, auf dessen Umschlag ein englischer Titel zu lesen ist. In der anderen trägt er einen Weidenkorb mit den zwei fettesten Katzen, die je gesehen wurden. Auf dem Kopf trägt er einen Zylinder, am Leib einen Gehrock. Unter dem Schnauzbart schließlich ist ein Lächeln erkennbar, ein rundgesichtiges Lächeln, das Gutmütigkeit ausstrahlt.

Kaum setzt der Gast seinen Fuß auf den Boden, räuspert sich Teodoro und rezitiert feierlich seinen Willkommensgruß:

»Herr Pellegrino Artusi, willkommen auf Roccapendente.«